JN284502

アダム・ブレード 作　浅尾敦則 訳

ビーストクエスト
Beast Quest

1

火《ひ》龍《りゅう》フェルノ

FERNO
THE FIRE DRAGON

ゴマブックス

ビースト・クエスト

Beast Quest

火龍《ひりゅう》フェルノ

FERNO THE FIRE DRAGON

Avantia
NS
TRAL
INS
中央平原《ちゅうおうへいげん》
東《ひがし》の休火山《きゅうかざん》
GRASSY PLAINS
KING HUGO'S PALACE
ヒューゴ王《おう》の宮殿《きゅうでん》
緑《みどり》の草原《そうげん》
THE CITY
アバンティアの首都《しゅと》
エリネル村《むら》
ERRINEL
ワインディング川《がわ》
DING RIVER

THE ICY
極北《きょくほく》の氷原《ひょうげん》
THE NORTHERN MOUNTAINS
北《きた》の山脈《さんみゃく》
THE
WESTERN OCEAN
西《にし》の海《うみ》
THE FOREST OF FEAR
恐《きょう》怖《ふ》の森《もり》
南《みなみ》の岩山《いわやま》

ようこそアバンティア王国《おうこく》へ。

わしの名《な》はアデュロ——ヒューゴ王《おう》の宮殿《きゅうでん》を守《まも》る善《ぜん》の魔法使《まほうつか》いじゃ。

いま、王国《おうこく》は苦難《くなん》の時《とき》をむかえておる。

そのわけをお知《し》りになりたいかな？


わが王国《おうこく》には、古《ふる》くからつたわる古文書《こもんじょ》がある。

それを読《よ》むと、いつの日《ひ》か、この平和《へいわ》な国《くに》に重大《じゅうだい》な危機《きき》がおとずれるであろうと書《か》かれている。

もちろん、それがいつのことかはだれにもわからなかった。


だが、その日《ひ》がついにやってきたのじゃ。

暗黒《あんこく》の魔法使《まほうつか》いマルベルが、この王国《おうこく》を破壊《はかい》するため、六匹《ろっぴき》のビーストに悪《あく》の呪《のろ》いをかけてしまったのじゃ。

しかもその六匹《ろっぴき》――火龍《ひりゅう》、海竜《かいりゅう》、山男《やまおとこ》、馬人《ばじん》、雪獣《ゆきのけもの》、炎鳥《ほのおのとり》――は、もとはといえば、この王国《おうこく》を外敵《がいてき》から守《まも》っていたビーストだった。

アバンティアにとっては、まさに絶体絶命《ぜったいぜつめい》の危機《きき》。

しかし秘伝《ひでん》の古文書《こもんじょ》は、意外《いがい》なヒーローがあらわれることを予言《よげん》していた。わが王国《おうこく》を救《すく》うため、ビーストにかけられた呪《のろ》いをとくぼうけんにでる少《しょう》年《ねん》がいるというのじゃ。

どこのだれかはわからない。

わかっていることはただひとつ――予言《よげん》されたヒーローが活躍《かつやく》するときがついにやってきた、ということだけじゃ……。

その少年《しょうねん》が、つらく苦《くる》しいぼうけんにたえられる勇気《ゆうき》と正義《せいぎ》の持《も》ち主《ぬし》であることを祈《いの》るしかない。

きみたちもわしといっしょに、少年《しょうねん》の活躍《かつやく》を見守《みまも》ってくれるかな？

アバンティア王国《おうこく》はよろこんできみたちをむかえるぞ。

魔法使《まほうつか》いアデュロ

もくじ

Beast Quest is a registered trademark of Working Partners Limited
Series created by Working Partners Limited, London

Text © Working Partners Limited 2007
Cover illustration © David Wyatt 2007
Inside illustrations © Orchard Books 2007

Japanese translation rights arranged with Working Partners Limited
through
Japan UNI Agency, Inc.

プロローグ

勇者《ゆうしゃ》カルドールが山《やま》のふもとに立《た》っていた。

朝《あさ》のきれいな光《ひかり》を浴《あ》びて、銅《どう》でできたよろいがピカピカかがやいている。

「火龍《ひりゅう》はすぐ近《ちか》くにいるぞ。気配《けはい》を感《かん》じる」

勇者《ゆうしゃ》は、霧《きり》におおわれた山《やま》の頂《いただき》に剣《けん》をむけた。

「わが王国《おうこく》を守《まも》るため、ぜったいに火龍《ひりゅう》を近《ちか》づけてはならぬ！」

「どうかお気《き》をつけて」

と声《こえ》をかけたのは、召使《めしつか》いのエドワードだ。

よろいに身《み》をつつんだカルドールが、エドワードの肩《かた》にそっとふれた。

これが最後《さいご》のわかれになるかもしれないと、ふたりともよくわかっていた。

召使《めしつか》いに背《せ》をむけ、なだらかな黒《くろ》い坂《さか》をのぼりはじめたカルドール。

岩《いわ》だらけの足下《あしもと》はぐらぐらしてすべりやすく、とてものぼりにくい。

しかし、勇者《ゆうしゃ》は強《つよ》い決意《けつい》をもって、一歩《いっぽ》一歩《いっぽ》、ゆっくりのぼっていく。

やがて、その姿《すがた》は霧《きり》の中《なか》に消《き》えた。

あたりにただようのは不気味《ぶきみ》な静《しず》けさだけだ。

エドワードは思《おも》わず身《み》ぶるいした。

そのとき、急《きゅう》に山《やま》がゆれはじめた。

地面《じめん》がふるえている。

振動《しんどう》が足《あし》から体全体《からだぜんたい》につたわってくるのを、エドワードは感《かん》じた。

その瞬間《しゅんかん》、山《やま》がひときわ大《おお》きくぐらっとゆれ、エドワードはその場《ば》にひっくり返《かえ》ってしまった。

地面《じめん》に強《つよ》くあごをぶつけた。

口《くち》の中《なか》に広《ひろ》がる鉄《てつ》の味《あじ》。

血《ち》だ！

いったいなにがおきたんだ？

「だんなさま！」

エドワードはさけびながら、ぐらぐらゆれる地面《じめん》に立《た》ちあがった。

「ひき返《かえ》してください！」

だがその声《こえ》は、ガリガリという大《おお》きな音《おと》にかき消《け》された。

いまや、山全体《やまぜんたい》がはげしくゆれていた。

もしかして、山《やま》がくずれるのか？

エドワードはパニック状態《じょうたい》だった。

心臓《しんぞう》をバクバクさせながら見《み》あげると、大《おお》きくつきだした岩《いわ》がふたつ、動《うご》いているのが見《み》えた。

カミソリのようにするどくとがった岩《いわ》だ。

みるみるうちにつきだしてきた岩《いわ》が、太陽《たいよう》の陽《ひ》ざしを浴《あ》びてキラッと光《ひか》った。

その瞬間《しゅんかん》、ふたつの岩《いわ》がサッと宙《ちゅう》を切《き》りさいたので、エドワードは思《おも》わず身《み》をすくめた。

巨大《きょだい》な斧《おの》がふりおろされたかのようだった。

霧《きり》が晴《は》れて、エドワードが目《め》にしたのは、勇者《ゆうしゃ》カルドールが山《やま》のまん中《なか》にしがみついているところだった。

カルドールのむこうがわに、なにか、高《たか》くそそりたっているものがあった。

ギラギラ光《ひか》る眼《め》に、革《かわ》のようにぶあついうろこ。

龍《りゅう》だ！

火龍《ひりゅう》が頭《あたま》をあげているのだ！

それを見《み》て、ようやくエドワードは、すべてを理解《りかい》した。

カルドールのいったとおり、火龍《ひりゅう》はすぐ近《ちか》くにいたのだ。

目《め》の前《まえ》にあったのは山《やま》ではなくて……山《やま》のように大《おお》きな火龍《ひりゅう》そのものだったのだ！

おそるおそる下《した》を見《み》た。

エドワードが立《た》っていたのは、火龍《ひりゅう》のしっぽの上《うえ》で、勇者《ゆうしゃ》カルドールがしがみついているのは、火龍《ひりゅう》の背中《せなか》だ！

そして、大《おお》きくせりだしたふたつの岩《いわ》に見《み》えたのは、火龍《ひりゅう》のつばさだった。

エドワードは走《はし》ってにげようとしたが、恐怖《きょうふ》で動《うご》けない。

いまではもう、大《おお》きく息《いき》をする龍《りゅう》のおなかがあがったりさがったりしているのを、はっきり見《み》ることができた。

鼻《はな》の穴《あな》からは、蒸気《じょうき》のような鼻息《はないき》をふきだしている。

「だんなさま、ひき返《かえ》してください！」

もう一度《いちど》エドワードがさけんだが、今度《こんど》も、おそろしいうなり声《ごえ》にかき消《け》されてしまった。

火龍《ひりゅう》はまたつばさを広《ひろ》げると、ゆっくりはばたいた。

「飛《と》びたつ気《き》だ！」

エドワードがさけんだ。

「だんなさま、はやく――」

「にげろ！」

遠《とお》くから、カルドールの声《こえ》がかすかに聞《き》こえてきた。

「町《まち》にいって、ヒューゴ王《おう》に知《し》らせるんだ。いそげ！」

火龍《ひりゅう》がしっぽをひとふりした瞬間《しゅんかん》、エドワードは空高《そらたか》くはねとばされ、地《じ》面《めん》にたたきつけられた。

ガタガタふるえるエドワードの目《め》の前《まえ》で、火龍《ひりゅう》が空高《そらたか》くまいあがった。

カルドールの悲鳴《ひめい》がエドワードの耳《みみ》にこだました。

すぐにあとをおいかけようと、立《た》ちあがったエドワードだが、そのときはもう、火龍《ひりゅう》の姿《すがた》は小《ちい》さくなっていた。

大《おお》きなうなり声《ごえ》が聞《き》こえ、オレンジ色《いろ》の炎《ほのお》が見《み》えた。

火龍《ひりゅう》が視界《しかい》から消《き》えさろうとするとき、なにかが空《そら》から落《お》ちてきて、エドワードの近《ちか》くにころがった。

カルドールのよろいの一部《いちぶ》、手《て》にはめる部分《ぶぶん》だ。

まっ黒《くろ》にこげて、けむりがでている。

その手《て》には黄金《おうごん》のカギがにぎられていた。

カルドールの悲鳴《ひめい》がしばらくこだましていたが、やがてそれも聞《き》こえなくなった。

カルドールはやぶれさった。

勇者《ゆうしゃ》カルドールをもってしても、火龍《ひりゅう》にかけられた悪《あく》の呪《のろ》いをとくことはできなかったのだ。

I

なぞの火事《かじ》

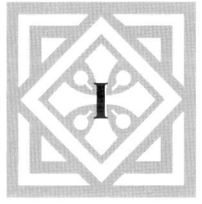

トムは敵《てき》をにらみつけていた。

「もうあきらめろ、この悪党《あくとう》め！」

とさけぶトム。

「さもないと、この剣《けん》をおみまいするぞ！」

手《て》に持《も》った火《ひ》かき棒《ぼう》を、干《ほ》し草《くさ》の袋《ふくろ》に思《おも》いっきりつきたてて、

「ぼくの勝《か》ちだな」

といった。

「いつかきっと、アバンティア一《いち》の剣士《けんし》になってやるんだ。〈疾風《はやて》のタラドン〉とよばれた父《とう》さんより、もっと強《つよ》い剣士《けんし》に」

しかし、父《ちち》のことを考《かんが》えると、いつも胸《むね》がいたむトムだった。

母《はは》が死《し》んだ後《あと》、まだ赤《あか》ん坊《ぼう》だったトムを育《そだ》ててくれたおじ夫婦《ふうふ》は、父《ちち》のことをひとことも話《はな》してはくれなかった。

なぜ、トムがおじ夫婦《ふうふ》にあずけられたのかも。

火《ひ》かき棒《ぼう》を荷物《にもつ》の中《なか》にもどして、

いつかきっと、真実《しんじつ》をつき止《と》めてやる、と心《こころ》にちかった。

トムは歩《ある》いて村《むら》にもどるとちゅう、ツンとするにおいに気《き》がついた。

「けむりのにおいだ！」

立《た》ち止《ど》まってあたりを見《み》まわすと、左《ひだり》がわに広《ひろ》がる森《もり》の奥《おく》からカサカサという音《おと》が聞《き》こえ、なまあたたかい風《かぜ》がふいてきた。

火事《かじ》だ！

走《はし》って森《もり》をぬけていくと、そこは畑《はたけ》だった。

黄金色《こがねいろ》だった麦畑《むぎばたけ》が燃《も》えつきてまっ黒《くろ》こげになり、あたり一面《いちめん》、けむりにおおわれている。

トムは恐怖《きょうふ》の表情《ひょうじょう》でその光景《こうけい》を見《み》つめた。

いったいなにがあったんだろう？

トムは空《そら》を見《み》あげた。

遠《とお》くの山《やま》にむかって飛《と》んでいく黒《くろ》い影《かげ》がちらっと見《み》えたような気《き》がしたが、次《つぎ》の瞬間《しゅんかん》にはもう、なにも見《み》えなかった。

どこかからどなり声《ごえ》が聞《き》こえてきた。

「そこにいるのはだれだ？」

広《ひろ》がるけむりのむこうに、男《おとこ》の姿《すがた》が見《み》えた。

麦畑《むぎばたけ》の周囲《しゅうい》をぐるっとまわってこちらにやってくる。

「森《もり》のほうからきたのか？　火《ひ》をつけたやつを見《み》たか？」

と、その男《おとこ》がきいた。

トムは首《くび》を横《よこ》にふった。

「人《ひと》っこひとりいなかったよ！」

「これは悪魔《あくま》のしわざだ」

と、農家《のうか》の男《おとこ》はこわい目《め》をしていった。

「家《いえ》にもどって、このことをおじさんに知《し》らせてくれ。エリネル村《むら》は呪《のろ》われているんだ――そして、われわれ村人《むらびと》もみんな！」

焼《や》けこげて黒《くろ》くなった木《き》の根《ね》っこにつまずきながら、トムはいそいで走《はし》っていった。


トムが息《いき》せききって村《むら》の広場《ひろば》にかけこんでいくと、村人《むらびと》がたくさんいた。

みんな、ここでなにをやってるんだろう？

今日《きょう》は市《いち》がたつ日《ひ》でもないのに。

見《み》ればトムのおじさんが、広場《ひろば》にあるベンチの上《うえ》に立《た》っている。

そして村《むら》の人々《ひとびと》は、おじさんにむかって大声《おおごえ》をあげたり、手《て》をふりあげたりしていた。

「畑《はたけ》が燃《も》やされたぞ！　次《つぎ》はどこだ？」

村人《むらびと》のひとりがさけんだ。

「だんだんひどくなるばかりだ！」

べつの村人《むらびと》も声《こえ》をあげた。

「ビーストが悪魔《あくま》になっちまったんだ！」

アバンティアが六匹《ろっぴき》のビーストに守《まも》られているという話《はなし》は、トムも聞《き》いたことがある。

しかしビーストが本当《ほんとう》にいるのかどうかとなると、だれも自信《じしん》がなかった。

「川《かわ》を見《み》たかい？　水面《すいめん》がすごく低《ひく》くなってるよ。もうじきのみ水《みず》がなくなっちまうよ」

そういったのは女《おんな》の人《ひと》だ。

「呪《のろ》いじゃ」

老人《ろうじん》がなげくようにいった。

「呪《のろ》いなんて、わたしは信《しん》じないぞ」

トムのおじさんはきっぱりいいきった。

「でも、このままではだめだ。だれかが王様《おうさま》のところへいって、たすけをもとめなければ」

その言葉《ことば》を聞《き》いて、トムが一歩《いっぽ》、前《まえ》にすすみでた。

「宮殿《きゅうでん》には、ぼくがいってくる」

村人《むらびと》がドッとわらった。

「こんな大事《だいじ》な役目《やくめ》を子《こ》どもにやらせるだと？　じょうだんじゃない！」

「子《こ》どもなんかを使《つか》いにやったら、王様《おうさま》にわらわれるぞ」

おじさんもしずかにいった。

「だめだ、トム。おまえはまだ若《わか》すぎる。村長《そんちょう》はわたしだ。わたしがいってこよう」

そのとき、広場《ひろば》の人垣《ひとがき》をかきわけて、男《おとこ》の子《こ》が前《まえ》にでてきた。顔《かお》がすすでまっ黒《くろ》になっている。

「たすけて！」

はあはあ息《いき》をしながら、男《おとこ》の子《こ》がいった。

「たすけて！　うちの納屋《なや》が燃《も》えてるんだ！」

「男《おとこ》はバケツを持《も》って川《かわ》へいけ！」

トムのおじさんがすぐに号令《ごうれい》をかけた。

「ほかの者《もの》はスコップを持《も》って納屋《なや》にいくんだ。水《みず》で消《け》せなかったら、土《つち》をかけろ。いそげ！」

命令《めいれい》にしたがって村人《むらびと》が動《うご》きはじめると、トムはおじさんに、

「この村《むら》にはおじさんが必要《ひつよう》だよ。リーダーのヘンリーおじさんが」

といった。

「だから、ぼくがかわりにいってくる」

おじさんが、真剣《しんけん》な顔《かお》でトムを見《み》つめた。

そして、

「おまえもいつかは、広《ひろ》い世界《せかい》にでていくことになるんだな」

といって、遠《とお》くに目《め》をむけた。

「もしかしたら、おまえがあの……」

おじさんは思《おも》わず身《み》ぶるいして、またトムに目《め》をもどした。

「そうだ、王様《おうさま》のところにはおまえがいけ。そうと決《き》まったら、ぐずぐずし

ているひまはない。明日《あした》の朝《あさ》いちばんにでかけるんだ！」

2

いざ町《まち》へ

次《つぎ》の日《ひ》の朝《あさ》、トムは外《そと》がまだ暗《くら》いうちに、宮殿《きゅうでん》のある町《まち》へと旅立《たびだ》った。

そして、太陽《たいよう》がのぼってくると、災難《さいなん》にあっているのはエリネル村《むら》だけではないことがわかった。

エリネル村《むら》をでてからも、まっ黒《くろ》こげになった畑《はたけ》が数《かぞ》えきれないほどあったのだ。

川《かわ》はカラカラにひからび、かわいた道《みち》になっていた。

朝《あさ》からずっと歩《ある》きづめだったトムは、つかれて足《あし》がいたくなったけれど、それでもかまわず、昼《ひる》をすぎても歩《ある》きつづけた。

宮殿《きゅうでん》が近《ちか》づくにつれて、砂《すな》ぼこりのまう道《みち》を通《とお》る人《ひと》の数《かず》もふえてきた。

馬《うま》に乗《の》ってかけていく人《ひと》、荷物《にもつ》をのせたロバをひいている家族連《かぞくづ》れ。

言葉《ことば》をかわしていた人《ひと》たちの話《はな》し声《ごえ》が耳《みみ》に入《はい》った。

その人《ひと》たちは、食《た》べるものがなくなった村《むら》をでてきたらしい。

王様《おうさま》のたすけをもとめて宮殿《きゅうでん》を目指《めざ》しているのは、トムだけではなかったのだ。
トムは歩《ある》くスピードをはやめた。
ようやく、町《まち》の入口《いりぐち》までやってきた。
広《ひろ》くあけ放《はな》たれた高《たか》い門《もん》。
そこを通《とお》りぬけていったトムは、新《あら》たなエネルギーが体《からだ》にみちてくるのを感《かん》じた。
ついに町《まち》にやってきたのだ！
人《ひと》ごみをかきわけながら、せまい道《みち》をすすんでいった。
目的《もくてき》はただひとつ――できるだけはやく宮殿《きゅうでん》にたどり着《つ》くことだ。
宮殿《きゅうでん》はもう遠《とお》くに見《み》えている。
むらさき色《いろ》のとがった塔《とう》と、海《うみ》のように青《あお》いガラスのドーム。

あの宮殿《きゅうでん》にくらべたら、ほかの建物《たてもの》なんてちっぽけなものだ。

こんなに大《おお》きな建物《たてもの》を見《み》るのは、トムは生《う》まれてはじめてだった！

しかし、宮殿《きゅうでん》の正門《せいもん》を入《はい》ったトムは、うーんとうなってしまった。

目《め》の前《まえ》に長《なが》い行列《ぎょうれつ》ができていたのだ。

しかも、ほとんど前《まえ》にすすんでいない。

「王様《おうさま》の家来《けらい》に会《あ》いにきたのか？」

門番《もんばん》がトムにたずねた。

「いいえ、王様《おうさま》に会《あ》いにきたんです！」

トムは答《こた》えた。

門番《もんばん》が声《こえ》をあげてわらった。

「その前《まえ》に、まず家来《けらい》に会《あ》わないとだめだ。王様《おうさま》に会《あ》わせるかどうかはその家来《けらい》が決《き》めるのだ。さあ、列《れつ》にならべ。しばらく待《ま》つことになるぞ」

「待《ま》ってるひまはないんです！」

トムはいった。

「村《むら》がたいへんなんです。いそがないと！」

「みんなたいへんなんだよ！」

といったのは、がっちりした体格《たいかく》の男《おとこ》で、長《なが》いあごひげがひざまでのびていた。

「おれたちの住《す》む西部《せいぶ》は津波《つなみ》におそわれた。波《なみ》よけが必要《ひつよう》だが、王様《おうさま》のたすけがなければとてもむりだ！」

「そして北《きた》は大吹雪《おおふぶき》」

といったのは、年《とし》をとったおばあさんだ。

「王国全体《おうこくぜんたい》に危機《きき》がせまっているんだよ！　そして、いいかい——これは全《ぜん》部《ぶ》、ビーストのしわざなのさ」

「ビーストだと？」

あごひげの男《おとこ》がせせらわらった。

「じょうだんもたいがいにしろ！」

おばあさんが怒《おこ》ったように男《おとこ》をにらみつけた。

「ビーストは本当《ほんとう》にいるんだよ。それを信《しん》じなけりゃ、ビーストを止《と》められるわけがない。なにかが、ビーストを怒《おこ》らせちまったんだ。そう、だれか悪《わる》いやつが……」

「それ、どういうこと？」

トムが聞《き》いたが、おばあさんはトムに背《せ》をむけ、どこかへいってしまった。

トムが考《かんが》えていたのは、エリネル村《むら》でちらっと見《み》た、山《やま》のほうへ飛《と》んでいく黒《くろ》い影《かげ》のことだった。

あれはビーストなんだろうか？

もしかして火龍《ひりゅう》？

目《め》の前《まえ》にのびる長《なが》い行列《ぎょうれつ》を見《み》て、トムは決断《けつだん》した。

ぼくは王様《おうさま》に会《あ》いにきたのだ。

その目的《もくてき》はぜったいにはたしてやる――むりやり宮殿《きゅうでん》に入《はい》ってでも。

「体《からだ》に流《なが》れるこの血《ち》にかけて」

と、心《こころ》にちかった。

「ぜったいに村《むら》を救《すく》うんだ！」

トムは人《ひと》ごみをかきわけ、宮殿《きゅうでん》の中庭《なかにわ》から外《そと》にでていった。


そして、夜《よる》がきた。

トムはかべにそって宮殿《きゅうでん》のまわりを歩《ある》いた。

あわい月明《つきあ》かりがトムを照《て》らしている。

「どこか、あいている窓《まど》があればいいんだけどなあ」

と、小《ちい》さな声《こえ》でつぶやいた。

「それか、カギのかかってないドアとか」

しかし、宮殿《きゅうでん》のまわりは、警備《けいび》の兵士《へいし》だらけだった。

トムは東門《ひがしもん》にこっそり近《ちか》づいたが、茶色《ちゃいろ》の制服《せいふく》を着《き》た衛兵《えいへい》がふたり立《た》っている。

そのとき、だれかの足音《あしおと》がトムのうしろで聞《き》こえた。

そう思《おも》ったら、ボロボロの姿《すがた》をした若者《わかもの》が暗闇《くらやみ》から走《はし》りでてきた。

「門《もん》をあけてください！」

若者《わかもの》が大声《おおごえ》でどなった。

トムと同《おな》じくらいの年齢《ねんれい》で、体《からだ》じゅうほこりまみれだった。かたほうの手《て》に黒《くろ》こげのよろいを、もうかたほうの手《て》にまるめた巻物《まきもの》を持《も》っていた。

「勇者《ゆうしゃ》カルドールさまの手紙《てがみ》を持《も》ってまいりました。王様《おうさま》に会《あ》わせてください！」

門《もん》をあけた衛兵《えいへい》が、門《もん》をあけっぱなしにしたまま、若者《わかもの》にかけよった。

よし！　いまがチャンスだ！　とトムは思《おも》った。

3

王《おう》の宮殿《きゅうでん》

衛兵《えいへい》が背中《せなか》をむけているすきに、トムはすばやく中《なか》に入《はい》りこんだ。

かべぎわの暗《くら》やみにかくれ、奥《おく》にむかってじわじわすすんでいった。

あいているドアがあった。

肉《にく》を焼《や》くにおいがただよってきたので、トムのおなかがグゥッと大《おお》きな音《おと》をたてた。

ここは台所《だいどころ》だな、とトムは思《おも》った。

ここから中《なか》に入《はい》れば、王様《おうさま》のところにいけるだろう。

中《なか》に入《はい》ったとたん、むっとする熱気《ねっき》につつまれた。

エリネル村《むら》でかじ屋《や》をやっている、おじさんの作業場《さぎょうば》を思《おも》いだした。

台所《だいどころ》にはメイドの女性《じょせい》がたくさんいて、火《ひ》にかけたシチューなべをかきまわしたり、銀皿《ぎんざら》に料理《りょうり》をもりつけたりしている。

体《からだ》の大《おお》きな女性《じょせい》がトムにかけよってきて、

「やれやれ、やっときてくれたのね！」

と大声《おおごえ》でいった。

「新入《しんい》りの見習《みなら》いでしょ？」

「え？　は、はい、そうです」

トムはいそいで返事《へんじ》をした。

「わたしがシェフよ」

その女性《じょせい》はいった。

「たすかったわ！　王様《おうさま》の晩《ばん》ごはんがもうすぐできるのに、給仕《きゅうじ》の女《おんな》の子《こ》が病気《びょうき》でふたりも休《やす》んでるの。のこり少《すく》ない食料《しょくりょう》を、王様《おうさま》のところにはこんでちょうだい」

宮殿《きゅうでん》の食料《しょくりょう》がのこり少《すく》ないと聞《き》いて、トムは自分《じぶん》の耳《みみ》が信《しん》じられなかった。思《おも》っていたより、王国《おうこく》の危機《きき》は深刻《しんこく》らしい。

シェフについていくと、料理《りょうり》のお皿《さら》がならんでいた。準備《じゅんび》はすっかりととのっている。

お皿《さら》は片手《かたて》で持《も》ち、頭《あたま》の上《うえ》に高々《たかだか》とあげてはこばなければならない。バランスのとりかたを給仕長《きゅうじちょう》が手早《てばや》く教《おし》えてくれた。

それが終《お》わると、給仕長《きゅうじちょう》はトムや召使《めしつか》いをしたがえて、王様《おうさま》の食堂《しょくどう》へむかった。

トムは心臓《しんぞう》がドキドキした。

背《せ》の高《たか》いろうそくに照《て》らされた食堂《しょくどう》に、細《ほそ》くて長《なが》い大《だい》テーブルがあった。

そこにヒューゴ王《おう》がすわっていたのだ。

王様《おうさま》は、トムが思《おも》っていたより若《わか》く見《み》えた。

目《め》は茶色《ちゃいろ》で大《おお》きく、かみは黒《くろ》くふさふさしている。身《み》にまとっているビロードのローブは緑色《みどりいろ》だった。

王様《おうさま》のまわりを、まじめくさった顔《かお》の貴族《きぞく》や貴婦人《きふじん》がとりかこんでいた。トムは緊張《きんちょう》して、テーブルのいちばん端《はし》にお皿《さら》をはこんだ。なんとかして王様《おうさま》に話《はなし》をしなければ、とトムは思《おも》った。

「エリネル村《むら》の未来《みらい》がぼくにかかってるんだ」

王様《おうさま》のとなりに、短《みじか》いあごひげを生《は》やした、背《せ》の低《ひく》い老人《ろうじん》がすわっていた。身《み》につけたきぬのガウンは青《あお》と赤《あか》で、もうすっかり色《いろ》あせている。灰色《はいいろ》をした目《め》が、ろうそくの炎《ほのお》をうけてかがやいていた。首《くび》にかけた鎖《くさり》の宝石《ほうせき》とおなじくらい、きらきら光《ひか》っている。まるで魔法使《まほうつか》いのようなかっこうをしているぞ、とトムは思《おも》った。

「たしかに、使《つか》い走《ばし》りがこんなかっこうをしてたら、ばかみたいじゃ」

といって、老人《ろうじん》がにこっとわらった。

トムはびっくりした。

「ぼくの考《かんが》えてることがわかるんですか？」

「だから魔法使《まほうつか》いなんじゃよ。わしはアデュロじゃ」

老人《ろうじん》は小声《こごえ》でそういうと、トムに顔《かお》を近《ちか》づけた。

「しかし、おまえは、だれじゃったかのう……？」

そのとき、食堂《しょくどう》のドアがばーんと開《ひら》いて、ぼろぼろの姿《すがた》をした若者《わかもの》がかけこんできた。

そして、食堂《しょくどう》の衛兵《えいへい》がふたり、そのすぐあとから入《はい》ってきた。

「しつれいいたします、陛下《へいか》」

とさけぶと、若者《わかもの》は王《おう》の前《まえ》にひざまずき、手《て》に持《も》った黒《くろ》こげのよろいをさしだした。

手《て》の形《かたち》をしたよろいが黄金《おうごん》のカギをにぎっているのが、トムにもわかった。

「わたしは、勇者《ゆうしゃ》カルドールの召使《めしつか》い、エドワードともうします。わが主人《しゅじん》のカルドールは、死《し》にました」

「死《し》んだとな！」

王様《おうさま》が思《おも》わず立《た》ちあがった。

テーブルの端《はし》を両手《りょうて》で強《つよ》くにぎりしめ、がっくりとうなだれた。

「まさか、そんなことが！」

「残念《ざんねん》ながら、事実《じじつ》でございます、陛下《へいか》」

そうつげる若者《わかもの》の目《め》に、なみだがうかんでいた。

「火龍《ひりゅう》フェルノに焼《や》かれ、死《し》んでしまったのです。わたしたちのぼうけんは終《お》わりました」

トムは自分《じぶん》の耳《みみ》をうたがった。

やっぱり、ビーストはほんとうにいたのか！

ヒューゴ王《おう》は若者《わかもの》に背《せ》をむけ、窓辺《まどべ》にいって外《そと》をながめた。

ぶあついかべにかこまれた城《しろ》の外《そと》には、町《まち》の夜景《やけい》がどこまでも広《ひろ》がっている。

あちこちでまたたいている明《あ》かりが、トムの目《め》にも見《み》えた。

「わが王国《おうこく》でもっとも勇敢《ゆうかん》な騎士《きし》が、やられてしまったのか」

王様《おうさま》がかなしみの声《こえ》をあげた。

「アバンティアはもうおしまいだ！」

すると、魔法使《まほうつか》いのアデュロが、食堂《しょくどう》の中央《ちゅうおう》にすすみでた。

きびしい顔《かお》をしているが、落《お》ちついている。

「さっそく会議《かいぎ》を開《ひら》きましょう」

アデュロがいった。

「召使《めしつか》いは全員《ぜんいん》、ただちにここからでていくように」

ふたりの衛兵《えいへい》にうながされて、給仕係《きゅうじがかり》が食堂《しょくどう》の外《そと》へでていった。

みんな口々《くちぐち》に、あれこれささやきあっている。

ぼくはでていかないぞ！　とトムは思《おも》った。

この王国《おうこく》でなにがおきているかを知《し》る、絶好《ぜっこう》のチャンスだ。

「ほら、いそげいそげ！」

衛兵《えいへい》がトムをおしのけ、のろのろしている給仕係《きゅうじがかり》のところへいった。

トムは脳《のう》みそをフル回転《かいてん》させると、すばやく食堂《しょくどう》の中《なか》にひき返《かえ》し、王様《おうさま》のすぐ近《ちか》くの、太《ふと》い石柱《せきちゅう》の影《かげ》にかくれた。

つめたい石《いし》にほっぺたをぴたっとくっつけた。

はげしく高鳴《たかな》る心臓《しんぞう》の音《おと》を、だれかに聞《き》かれるんじゃないかと思《おも》った。

「暗黒《あんこく》の魔法使《まほうつか》い、マルベルのやつめ！」

王様《おうさま》がさけんだ。

「わが王国《おうこく》がフェルノにほろぼされてしまう前《まえ》に、悪《あく》の呪《のろ》いをとかなければ！」

悪《あく》の呪《のろ》い!

ハッと息《いき》をのんだトムは、あわてて手《て》で口《くち》をふさいだ。

カルドールの召使《めしつか》いのエドワードが、うしろをふり返《かえ》った。

「そこにいるのはだれだ?」

「スパイだな!」

ヒューゴ王《おう》が大声《おおごえ》でさけんだ。

「ちがいます! おねがいです、話《はなし》を聞《き》いてください!」

ひっしでうったえるトムのところに、ふたりの衛兵《えいへい》が近《ちか》づいてきた。

そのふたりをよけると、三人目《さんにんめ》の衛兵《えいへい》がトムに飛《と》びかかってきた。

トムはその衛兵《えいへい》もひらりとかわして、王様《おうさま》にうったえた。

「ぼくはただ、村《むら》の人《ひと》を救《すく》いたくてここにきたんです!」

にげまわったかいもなく、とうとうトムはつかまってしまった。

「もうよい！」

魔法使《まほうつか》いアデュロのひと声《こえ》に、食堂《しょくどう》の中《なか》がしーんとなった。

「その者《もの》を地下牢《ちかろう》につれてゆけ」

命《めい》じたヒューゴ王《おう》は、トムに近《ちか》づくと、その顔《かお》を見《み》た。

王様《おうさま》と目《め》をあわせるのがはじめてのトムは、思《おも》わず頭《あたま》をさげた。

「ゆけ！」

ドアを指《ゆび》さして王《おう》がさけんだ。

「つれてゆくのだ」

そのとき、アデュロが王《おう》のところへいった。

「この少年《しょうねん》は、正《ただ》しいおこないをするためにやってきたのでございます。このわしにはわかりますぞ」

トムをつれていこうとしていた衛兵《えいへい》が足《あし》を止《と》めた。

しばらくだまっていたヒューゴ王《おう》が、こういかけた。

「それは、たしかか？」

アデュロがトムを指《ゆび》さした。

「この顔《かお》、だれかに似《に》ているとは思《おも》いませんか？」

トムの顔《かお》をまじまじと見《み》つめたヒューゴ王《おう》は、無言《むごん》で首《くび》を横《よこ》にふった。

トムは思《おも》わず目《め》をぱちくりさせた。

だれかに似《に》てるって？

アデュロはなにをいってるんだ？

「いまから、それを教《おし》えてやろう」

アデュロがいった。

トムの考《かんが》えがすっかりお見通《みとお》しのようだ。

アデュロはトムの目《め》をじっと見《み》つめている。

やがて、上《うえ》にむけたアデュロのてのひらに、小《ちい》さな炎《ほのお》があらわれた。

トムがびっくりしていると、炎《ほのお》が青色《あおいろ》にかわった。

その魔法《まほう》の炎《ほのお》をはさんでトムの顔《かお》を見《み》たヒューゴ王《おう》が、目《め》をまるくした。

「まさか、そんなことが！　でも……まちがいない。この少年《しょうねん》は、〈疾風《はやて》のタラドン〉の息子《むすこ》だ！」

4

ぼうけんの旅《たび》へ

「タラドン！」

ショックをうけたトムが思《おも》わずさけんだ。

「陛下《へいか》、ぼくの父《ちち》をごぞんじなんですか？」

「もちろんだとも」

王様《おうさま》がほほえんだ。

「わたしがこれまで会《あ》った中《なか》でも、もっとも勇敢《ゆうかん》な男《おとこ》のひとりだ」

父親《ちちおや》の手《て》がかりが、ついに見《み》つかったぞ！

トムはなみだがでそうだった。

トムが知《し》らないものを、王様《おうさま》は知《し》っているのだ。

そう、父《ちち》の顔《かお》を。

「父《ちち》はいま、どこにいるのですか？」

無礼《ぶれい》なふるまいでないことを祈《いの》りながら、トムは質問《しつもん》をした。

ヒューゴ王《おう》とアデュロが顔《かお》を見《み》あわせた。

貴族《きぞく》や貴婦人《きふじん》たちもテーブルから身《み》を乗《の》りだし、一言《ひとこと》も聞《き》きのがすまいとしている。

王様《おうさま》は、手《て》を横《よこ》にふって答《こた》えた。

「わたしがタラドンに会《あ》ったのは、もうはるか昔《むかし》のことだしな……」

トムのあごに手《て》をやって、もう一度《いちど》じっくりとその顔《かお》を見《み》つめた。

「おまえの名前《なまえ》はなんという？」

「トムでございます」

と答《こた》えたのは、魔法使《まほうつか》いのアデュロだった。

「陛下《へいか》のお耳《みみ》においれしたいことがございます。トムだけをのこして、どうか、ほかの者《もの》は外《そと》に……」

貴族《きぞく》たちにむかって、ヒューゴ王《おう》が合図《あいず》をした。

「もうさがってよいぞ。召使《めしつか》いのエドワードを丁重《ていちょう》にあつかうようにな」

エドワードは深々《ふかぶか》とおじぎをすると、貴族《きぞく》たちといっしょに外《そと》へでていった。

ドアを閉《と》じると、アデュロが王《おう》の横《よこ》に立《た》った。

トムは、ひそひそ声《ごえ》で熱心《ねっしん》に話《はな》しあう王様《おうさま》と魔法使《まほうつか》いを見《み》て、話《はなし》を聞《き》きたくてうずうずしていた。

ようやく、ヒューゴ王《おう》に手《て》まねきをされ、トムはおそるおそる近《ちか》づいていった。

王様《おうさま》はなにを話《はな》してくれるんだろう？

もしかして、ぼくを宮殿《きゅうでん》からおいだすのかな？

「トム、わが王国《おうこく》はいま、大《おお》きな危機《きき》に見《み》まわれている」

王様《おうさま》が話《はなし》をはじめた。

「暗黒《あんこく》の魔法使《まほうつか》いマルベルが、古代《こだい》のビースト六匹《ろっぴき》の居場所《いばしょ》をつき止《と》め、おそろしいパワーであやつっているのだ。その六匹《ろっぴき》は、アバンティアを守《まも》るビーストだった。アバンティア王国《おうこく》は建国以来《けんこくいらい》、ずっとビーストに守《まも》られてきたのだ」

王《おう》は部屋《へや》の中《なか》を歩《ある》きながら話《はなし》をつづけた。

「火龍《ひりゅう》フェルノは、アバンティアの南《みなみ》がわを守《まも》るビーストで、川《かわ》の水《みず》がかれないようにしていた。そのほかのビーストにも、それぞれの役目《やくめ》がある。しかし、そのビーストがいまや、王国《おうこく》の敵《てき》となってしまった。マルベルにあやつられてあばれまわり、王国《おうこく》をほろぼそうとしているのだ。わが王国最強《おうこくさいきょう》の勇者《ゆうしゃ》でも、マルベルからビーストをとりもどすことはできなかった」

「そのマルベルとは、いったいだれなんです？」

と、トムが質問《しつもん》した。

「昔《むかし》はやつも善良《ぜんりょう》な男《おとこ》で、正《ただ》しい生活《せいかつ》を送《おく》っていたのだが」

と、ヒューゴ王《おう》はいった。

「それも長《なが》くはつづかなかった。マルベルは、おそろしい病《やまい》におかされてしまったのだ――ねたみという病《やまい》に」

そのつづきをアデュロが話《はな》しはじめた。

「やつは、この王国《おうこく》でもっとも強力《きょうりょく》な生《い》き物《もの》であるビーストと特別《とくべつ》なきずなでむすばれた〈ビースト使《つか》い〉に、ねたみを感《かん》じたのじゃ。そしてマルベルは、禁断《きんだん》の研究《けんきゅう》をはじめた――ビーストの秘密《ひみつ》とパワーの研究《けんきゅう》をな」

トムは口《くち》の中《なか》がカラカラだった。

「そしてマルベルは、それを見《み》つけたんですか？」

「そうじゃ。やつが身《み》につけたパワーは、やつの心《こころ》を悪《あく》にかえ、〈ビースト使《つか》い〉とビーストをつなぐ魔法《まほう》のきずなをたち切《き》った。それからというもの、〈ビースト使《つか》い〉は牢《ろう》に閉《と》じこめられて、マルベルがビーストをあやつるようになったのじゃ」

「いったいどうすればいいのですか？」

「マルベルの魔力《まりょく》はおそろしく強《つよ》い」

と、アデュロはいった。

「たったひとつの希望《きぼう》は、すべてのビーストにかけられた呪《のろ》いをとくことのできる者《もの》を探《さが》すことじゃ。一匹《いっぴき》ずつ呪《のろ》いをといていけば、ビーストはまた王《おう》国《こく》を守《まも》ってくれる。しかし、国民《こくみん》には、ビーストが実在《じつざい》することを知《し》られてはならぬ。ビーストという生《い》き物《もの》は、しずかに見守《みまも》っていないと、国《くに》を守《まも》ることができないのじゃ。だから、これまでずっと、ビーストなんてこの世《よ》にいないというふりをしてきたのじゃよ」

「マルベルのせいで、ビーストは手《て》がつけられなくなってしまった」

そういって、王様《おうさま》がなげいた。

「火龍《ひりゅう》フェルノは、わが王国《おうこく》の畑《はたけ》という畑《はたけ》を焼《や》きはらい、川《かわ》の流《なが》れをせき止《と》めた。そのほかのビースト――海竜《かいりゅう》、山男《やまおとこ》、馬人《ばじん》、雪獣《ゆきのけもの》、炎鳥《ほのおのとり》――もいるところで、津波《つなみ》や雪崩《なだれ》など、大災害《だいさいがい》をひきおこしている。マルベルの邪悪《じゃあく》な呪《のろ》いをとかないかぎり、いずれ、アバンティア王国《おうこく》はビーストにほろぼされるだろう。だからわたしは、マルベルが火龍《ひりゅう》につけた首輪《くびわ》をはずす役目《やくめ》を、勇者《ゆうしゃ》カルドールにたくした」

王様《おうさま》は大《おお》きな黄金《おうごん》のカギを、トムに手渡《てわた》した。

「フェルノの首輪《くびわ》をはずせるのは、このカギだけなのだ」

てのひらにおかれたカギに、トムはそっとふれてみた。ものすごく大《おお》きいのに、全然重《ぜんぜんおも》くない。

手《て》のかたちをしたよろいがにぎっていたカギはこれだったのだ。

でも、どうしてこれをぼくに？

トムは、といかけるような目《め》で王様《おうさま》を見《み》た。

「そのカギを作《つく》ったのはアデュロだ。しかし、真《しん》のヒーローでなければ使《つか》えない。おまえの父《ちち》も、かつてはわたしに仕《つか》えていた――今度《こんど》はおまえの番《ばん》だ。おまえが力《ちから》と正義《せいぎ》を持《も》っていることは、アデュロの魔法《まほう》でわかった。おまえなら、どんな騎士《きし》にもひけはとらないはずだ」

そういって、王《おう》が笑顔《えがお》を見《み》せた。

「トム、おまえは運命《うんめい》にみちびかれて、ここへやってきたのだ。わたしは、秘密《ひみつ》の使命《しめい》をおまえにさずけることにする……」

ぞくぞくするようなこうふんが、トムの背《せ》すじをかけぬけた。

トムに顔《かお》を近《ちか》づけて、王様《おうさま》がいった。

「ビーストを探《さが》しだす、命《いのち》がけのぼうけんにでてくれるか？」

「はい！」

トムはまようことなく返事《へんじ》をした。

これほど自信《じしん》を持《も》って返事《へんじ》ができたのは、生《う》まれてはじめてだった。

「どんなことがあろうと、かならず！」

5

ストームとともに

次《つぎ》の日《ひ》、朝《あさ》はやく目覚《めざ》めたトムは、まわりのようすがいつもとちがうことに気《き》がついた。

ここはどこだろう？

大《おお》きな窓《まど》と、石《いし》のかべにかかった絵《え》を見《み》て、ようやく思《おも》いだした。

そうだ、ここは王様《おうさま》の宮殿《きゅうでん》で、ぼくはその客間《きゃくま》にいるんだ！

こうふんしたトムは、すぐにベッドから飛《と》びだした。

ドアの横《よこ》に衣装箱《いしょうばこ》があって、その上《うえ》に真新《まあたら》しい服《ふく》と、銀色《ぎんいろ》にかがやく、鎖《くさり》かたびらがおいてある。

トムはさっそくそれを着《き》てみることにした。

黒《くろ》のズボンに、毛糸《けいと》の長《なが》そでシャツ。

みごとな作《つく》りの鎖《くさり》かたびらを身《み》につけるときは、胸《むね》がドキドキした。

大《おお》きさもぴったりだ。

鎖《くさり》かたびらを人《ひと》に見《み》られないよう、その上《うえ》から茶色《ちゃいろ》のケープをまとう。

なんてったって、これは秘密《ひみつ》のぼうけんなのだ。

鏡《かがみ》にうつった自分《じぶん》の姿《すがた》を見《み》たトムは、誇《ほこ》らしい気分《きぶん》でにっこりわらった。

もういつでもぼうけんにでられるぞ。

でもそのとき、トムの心《こころ》に不安《ふあん》がよぎった。

「アバンティア一《いち》の勇者《ゆうしゃ》にもできなかったことが、このぼくに、ほんとうにできるんだろうか？」

「できるとも」

うしろから、やさしい声《こえ》が聞《き》こえた。

びっくりしてトムがふり返《かえ》ると、ドアのところにアデュロが立《た》っていた。

木《き》の盾《たて》と剣《けん》を、手《て》に持《も》っている。

「まさか自分《じぶん》がヒーローだなんて、と思《おも》っておるじゃろう。しかし、なにがおきても不思議《ふしぎ》ではない時代《じだい》、不可能《ふかのう》なことはなにひとつないのじゃ」

トムは大《おお》きくうなずいた。

「はい、ぼくもそう思《おも》います」

アデュロが部屋《へや》の中《なか》に入《はい》ってきたので、トムはゆっくりとアデュロの前《まえ》へすすみでて、石《いし》のゆかにかたひざをついた。

なぜだかわからないけれど、そうしなければいけない気《き》がしたのだ。

手《て》にしていた剣《けん》を、アデュロが上《うえ》に持《も》ちあげた。

一瞬《いっしゅん》、その剣《けん》から光《ひかり》がでたのを、トムは見《み》のがさなかった。

空中《くうちゅう》のほこりがきらきらかがやくのがはっきり見《み》えたのだ。

ふたりはしばらくその剣《けん》を見《み》つめていたが、やがて、アデュロが剣《けん》の先《さき》でそっとトムの胸《むね》にふれた。

心臓《しんぞう》のすぐ横《よこ》のところだ。

「アバンティアを救《すく》う勇気《ゆうき》が、この少年《しょうねん》にありますように」

魔法使《まほうつか》いの声《こえ》が部屋《へや》にこだまし、トムはうやうやしく頭《あたま》をさげた。

アデュロが剣《けん》をおろし、やさしくトムを立《た》たせた。

えみをうかべ、剣《けん》をトムにさしだして、ひとこと、

「これはおまえのものじゃ」

といった。

トムは剣《けん》をうけとった。

手《て》にぴったりなじんでいる。

使《つか》いなれた火《ひ》かき棒《ぼう》よりずっと軽《かる》く感《かん》じられた。

「完《かん》ぺきだ」

次《つぎ》に、ピカピカにみがかれた木《き》の盾《たて》をうけとった。

ものすごくていねいに作《つく》られてはいるが、なにひとつもようがない、すご

くシンプルなものだ。

それを見《み》てトムが思《おも》いだしたのは、馬《うま》に乗《の》って村《むら》を通《とお》る騎士《きし》が、みんな、色《いろ》あざやかな盾《たて》を持《も》っていたことだった。

渡《わた》された盾《たて》があまりにシンプルなので、トムはちょっとがっかりした。

「見《み》た目《め》なんて、ただのごまかしじゃ」

アデュロが笑顔《えがお》でいった。

またしても、トムの心《こころ》の中《なか》を読《よ》んだのだ。

「今度《こんど》のぼうけんでは、思《おも》わぬところで思《おも》わぬ味方《みかた》と出会《であ》うじゃろう。とてもありえないような味方《みかた》とな。でも、おまえはかしこい少年《しょうねん》じゃ。自分《じぶん》の直感《ちょっかん》を信《しん》じるがよいぞ。それから、おまえに渡《わた》したいものが、もうひとつある」

そういってアデュロがポケットからとりだしたのは、まるめた巻物《まきもの》だった。前《まえ》の晩《ばん》、召使《めしつか》いのエドワードが持《も》っていたものと似《に》ている。

アデュロが巻物《まきもの》を開《ひら》いた。

それは、アバンティアの地図《ちず》だった。

近《ちか》くによって、トムがながめていると、なんと、地図《ちず》に描《えが》かれたものが動《うご》きはじめた！

木《き》や丘《おか》や山《やま》が紙《かみ》からずんずんのびてきて、親指《おやゆび》くらいの高《たか》さになったのだ。

トムはそっと手《て》をのばし、北《きた》がわの白《しろ》い山《やま》にさわってみた。

指《ゆび》についた霜《しも》がきらきら光《ひか》っている。

びっくりしてアデュロに目《め》をむけると、魔《ま》法《ほう》使《つか》いがうなずいた。

「もっとよく見《み》るのじゃ」

いわれたとおりにしたトムは、白《しろ》っぽい地図《ちず》の上《うえ》に、曲《ま》がりくねった細《ほそ》い道《みち》がうきでているのに気《き》がついた。

まるで血管《けっかん》のようだ。

道《みち》は南西《なんせい》の方角《ほうがく》にむかってゆっくりのびていて、その先《さき》に山《やま》があった。

暗《くら》い、できれば近《ちか》づきたくない山《やま》だ。

これがフェルノの山《やま》かな、とトムは思《おも》った。

「そのとおりじゃ」

アデュロが黄金《おうごん》のカギをさしだした。

きのうの夜《よる》、王様《おうさま》に見《み》せてもらったもので、輪《わ》にした皮《かわ》ひもが通《とお》してある。

アデュロはそのカギを、メダルをかけるようにして、トムの首《くび》にかけた。

「マルベルの呪《のろ》いをとかないかぎり、フェルノを自由《じゆう》にすることはできん。このカギをつかって、なんとしてでも、フェルノをあやつる呪《のろ》いの首輪《くびわ》をはずすのじゃ」

「全力《ぜんりょく》をつくします」

と、トムはちかった。

「では、ゆくがよい」

アデュロがトムに地図《ちず》をさずけた。

「外《そと》で、おまえの馬《うま》が待《ま》っておるぞ」

トムは剣《けん》と盾《たて》を持《も》ち、アデュロについていった。

宮殿《きゅうでん》をでて馬場《うまば》にいくと、飼育係《しいくがかり》の横《よこ》に、雄《おす》の黒馬《くろうま》がいた。

背中《せなか》の茶色《ちゃいろ》い鞍《くら》がピカピカ光《ひか》っている。

黒馬《くろうま》はアデュロの姿《すがた》を見《み》ると首《くび》をふり、あいさつをするようにいなないた。

額《ひたい》のところに、矢《や》じりの形《かたち》をした白《しろ》いもようがあった。

「名前《なまえ》はストーム」

と、アデュロがいった。

「若《わか》くて、あしのはやい馬《うま》じゃ」

ストーム——その意味《いみ》は、嵐《あらし》。

いい名前《なまえ》だ。

ストームは飼育係《しいくがかり》をはなれ、トムとアデュロのところへかけてくると、トムの肩《かた》に鼻《はな》をおしつけ、顔《かお》をじっと見《み》つめた。

トムの顔《かお》にみるみるえみが広《ひろ》がっていく。

「なかよくできそうだな、ストーム」

トムは、剣《けん》と盾《たて》をアデュロに渡《わた》して馬《うま》の背《せ》に乗《の》り、またそれをうけとった。

高《たか》いところからアデュロを見《み》おろして、トムはいった。

「ぼくの村《むら》は、いったいどうなるんでしょう？　おじさんやおばさんは？　みんな、たすけがくるのを待《ま》ってるんです」

「食料《しょくりょう》と水《みず》をつんだ馬車《ばしゃ》を村《むら》にむかわせた」

と、アデュロはいった。

「トムは王様《おうさま》の命令《めいれい》で、特別《とくべつ》な任務《にんむ》をまかされたと、馬車《ばしゃ》の御者《ぎょしゃ》がおじさんにつたえてくれるはずじゃ——任務《にんむ》が終《お》わり次第《しだい》、また村《むら》にもどってくるとな」

トムがストームの首《くび》をなでた。

「ありがとうございます、アデュロ——ではまた！」

「さらばじゃ、わが友《とも》よ。われわれの希望《きぼう》はすべて、おまえの活躍《かつやく》にかかっておる」

トムは大《おお》きくうなずくと、ストームのわき腹《ばら》をかかとでけった。

ストームは、全速力《ぜんそくりょく》で宮殿《きゅうでん》の庭《にわ》をつっきり、外《そと》へでた。

ひづめの音《おと》を高《たか》らかにひびかせて石《いし》だたみを走《はし》り、いさかう人々《ひとびと》や荷車《にぐるま》の横《よこ》を通《とお》りすぎていく。

やがて、町《まち》の出口《でぐち》が近《ちか》づいてきた。

大《おお》きく開《ひら》いた門《もん》を見《み》たトムは、こうふんで顔《かお》がほてっていた。

「もっとはやく走《はし》れ、ストーム！」

ストームはあっというまに門《もん》をかけぬけ、外《そと》に広《ひろ》がる草原《そうげん》に飛《と》びだしていった。

トムは思《おも》わず歓声《かんせい》をあげた。

いけ、トム！

ぼうけんの旅《たび》が、いまはじまったのだ！

ストームのような馬《うま》に乗《の》るのは、トムははじめてだった。

あしがはやいだけではない。

トムのやりたいことがちゃんとわかっているらしい。

トムが軽《かる》くたづなをひいただけでスピードを落《お》とし、かかとがわき腹《ばら》にふれるかふれないかのうちにスピードをあげる、そんな馬《うま》だった。

夕方《ゆうがた》には、トムはもう草原《そうげん》の南《みなみ》のはしまできていた。

目《め》の前《まえ》に広大《こうだい》な森《もり》が広《ひろ》がっている。

暗《くら》くて不気味《ぶきみ》で、なんとなく近《ちか》よりがたい。

アデュロにもらった地図《ちず》によると、火龍《ひりゅう》がいる山《やま》へいくには、この恐怖《きょうふ》の森《もり》をまっすぐぬけていくのがいちばんの近道《ちかみち》なのだ。

「いくぞ、ストーム」

トムは用心《ようじん》しながら、ストームを森《もり》へむかわせた。

「こっちの方向《ほうこう》だ」

森《もり》の中《なか》の道《みち》は曲《ま》がりくねっていた。

奥《おく》へすすめばすすむほど、ますます木《き》が多《おお》くなり、道《みち》がせまくなっていく気《き》がする。

うす暗《ぐら》い空《そら》の下《した》、ふしくれだった枝《えだ》がおそいかかってくるように見《み》えて、ドキッとすることもあった。

そんなトムの不安《ふあん》がつたわったのか、ストームも耳《みみ》をピクピク動《うご》かしている。

しばらくすすんでいくと、小《ちい》さなあき地《ち》にでた。

どうやら道《みち》はここまでだ。

トムは馬《うま》をおりると、剣《けん》をぬき、びっしりしげったイバラをかりはじめた。

前《まえ》へすすむ道《みち》を作《つく》るのだ。

そのとき、ガサガサという音《おと》が聞《き》こえた。

トムは動《うご》くのを止《や》め、その音《おと》に耳《みみ》をすませた。

「だれだ？」

だが、返事《へんじ》はない。

トムはいそいで、からまりあったイバラをかっていった。

全身《ぜんしん》で恐怖《きょうふ》を感《かん》じていた。

いやな感《かん》じの場所《ばしょ》で、おそろしいものに見《み》られている気《き》がしてならない。

それでもトムはストームのたづなを手《て》にとり、深《ふか》い草《くさ》むらを歩《ある》いていった。

ガルルルルル！

うなり声《ごえ》が聞《き》こえた、と思《おも》ったら、黄色《きいろ》い牙《きば》が目《め》の前《まえ》に見《み》えた。

トムは、あっとさけんで、ストームのところまで飛《と》びのいた。

オオカミだ！

灰色《はいいろ》と白《しろ》のみごとな毛並《けな》みをしていて、こはく色《いろ》の目《め》はするどく、ギラギラ光《ひか》っている。

大《おお》きな前《まえ》あしはこんぼうのように太《ふと》く、その先《さき》にするどい爪《つめ》が生《は》えていた。

あれにやられたらひとたまりもないだろう。

歯《は》をむきだし、身《み》ぶるいするようなうなり声《ごえ》をだしている。

いまにもこっちに飛《と》びかかってきそうだ！

6

恐怖《きょうふ》の森《もり》

オオカミの姿《すがた》を見《み》たストームは、うしろあしだけで立《た》ちあがり、前《まえ》あしをはげしく動《うご》かした。

トムはイバラのしげみに頭《あたま》から飛《と》びこんだ。

だが、オオカミはおそいかかってこなかった。

なにかべつのものにうなっているのだ。

しげみの中《なか》にいたそのなにかが、トムたちのほうにむかってくる。

するといきなり、三人《さんにん》の兵士《へいし》がしげみから飛《と》びだしてきた。

頭《あたま》からすっぽりかぶったヘルメットの奥《おく》で、目《め》が怒《いか》りに燃《も》えている。

三人《さんにん》のうち、ひとりは石弓《いしゆみ》を、あとのふたりは長《なが》い剣《けん》を手《て》にしている。

オオカミはさらにはげしいうなり声《ごえ》をあげ、三人《さんにん》にむかっていった。

「王様《おうさま》のものをぬすんだらどんな目《め》にあうか、このけだものとガキに教《おし》えてやるぜ！」

先頭《せんとう》にいた兵士《へいし》が、オオカミの頭《あたま》をねらって弓《ゆみ》をひきしぼった。

「やめろ！」

しげみにかくれていたトムがパッとでていった。

ちょうどそのとき、兵士《へいし》が矢《や》を放《はな》ったので、トムはとっさに剣《けん》を投《な》げた。

剣《けん》はクルクル回転《かいてん》して飛《と》んでいき、兵士《へいし》の矢《や》をまっぷたつにした。

そして、矢《や》はむきをかえて、木《き》の幹《みき》につきささった。

「賊《ぞく》がもうひとりいたぞ！　やつをつかまえろ！」

兵士《へいし》のひとりが剣《けん》をふりあげ、トムのほうにやってきた。

その兵士《へいし》のあしをめがけて、オオカミが体当《たいあ》たりしたので、兵士《へいし》はたまらずひっくり返《かえ》った。

今度《こんど》は、のこりの兵士《へいし》ふたりがトムにむかってくる。

ストームのたづなをとり、その背《せ》にひらりと飛《と》び乗《の》ったトムが、前《まえ》かがみの姿勢《しせい》で突進《とっしん》していくと、二人《ふたり》の兵士《へいし》は走《はし》ってにげていった。

オオカミもうなり声《ごえ》をあげている。

トムはストームのたづなをひいて、いったんむきをかえ、木《き》につきささっていた自分《じぶん》の剣《けん》をぬきとった。

そして、森《もり》の中《なか》へにげこんだ兵士《へいし》をおいかけようとすると、オオカミがトムの前《まえ》にすすみでて、細《ほそ》い道《みち》を猛《もう》スピードでかけだしていった。

トムはその後《あと》をついていくことにした。

オオカミは風《かぜ》のように疾走《しっそう》した。

やっとスピードを落《お》としたのは、さっきの兵士《へいし》からかなり遠《とお》ざかってからだ。

トムはストームのたづなをゆるめ、減速《げんそく》させた。

やがて、オオカミが立《た》ち止《ど》まった、と思《おも》った次《つぎ》の瞬間《しゅんかん》、オオカミの前《まえ》に人《ひと》の姿《すがた》があった。

木《き》の上《うえ》から飛《と》びおりてきたのだ。

それは、女《おんな》の子《こ》だった。

やせていて背《せ》が高《たか》く、乗馬用《じょうばよう》のズボンとうすよごれたシャツを着《き》ていて、かた手《て》に弓《ゆみ》、もうかたほうの手《て》には矢筒《やづつ》を持《も》っている。

短《みじか》い黒《くろ》かみはくしゃくしゃ、顔《かお》はすり傷《きず》だらけで赤《あか》くなっていた。

女《おんな》の子《こ》はオオカミの前《まえ》にかがんで、トムを見《み》つめた。

緑色《みどりいろ》の目《め》が警戒《けいかい》するように細《ほそ》くなっている。

「だいじょうぶだよ、そのオオカミには危害《きがい》をくわえないから」

そう声《こえ》をかけたトムは、ストームの背《せ》からおりながら、

「ぼくの名前《なまえ》はトム」

と自己紹介《じこしょうかい》した。

「オオカミをおってきたんじゃなくて――オオカミのほうがぼくらをつれて

きてくれたんだ。ぼくらを兵士《へいし》からひきはなすために」

オオカミが近《ちか》よってきて、トムの手《て》に鼻《はな》をこすりつけた。

安心《あんしん》した女《おんな》の子《こ》が、トムにあたたかな笑顔《えがお》を見《み》せた。

「このオオカミはシルバーっていうんだ。シルバーはあんたが気《き》にいったみたい。シルバーは人《ひと》を見《み》る目《め》があるから、シルバーが信用《しんよう》するなら、あたしも信用《しんよう》することにする」

「どうやってオオカミとなかよくなったの？」

とトムが聞《き》いた。

シルバーは女《おんな》の子《こ》のところにもどって、その足元《あしもと》にちょこんと座《すわ》り、尊敬《そんけい》するような目《め》で見《み》あげた。

「狩《か》りをしてるときに、ケガをしたシルバーを見《み》つけたんだよ」

女《おんな》の子《こ》が答《こた》えた。

「ケガがなおるまであたしが手当《てあ》てをしてあげて、それ以来《いらい》、ずっと友《とも》だちなの」

女《おんな》の子《こ》は一歩前《いっぽまえ》にでると、トムの手《て》をかたくにぎりしめた。

「あたしの名前《なまえ》はエレナ」

「森《もり》の中《なか》でなにをやってるんだい？」

とトムが聞《き》くと、エレナは顔《かお》をしかめた。

「あたしのおじさんは漁師《りょうし》なんだ。あたしもシルバーといっしょに、川《かわ》で漁《りょう》をしたかったんだけど、川《かわ》がカラカラに干《ひ》あがったでしょ。家《いえ》は遠《とお》いし、とる魚《さかな》もなければ、食《た》べるものもなにもない」

エレナはため息《いき》をついた。

「だから、ウサギ狩《が》りをやろうと思《おも》って森《もり》にきたら、王様《おうさま》のシカをねらってるんだとまちがわれたの。兵士《へいし》におわれて、シルバーとはぐれちゃった」

そのとき、背後《はいご》から大《おお》きな音《おと》や、どなり声《ごえ》が聞《き》こえてきた。
ストームがうしろあしで立《た》ちあがり、シルバーが背中《せなか》の毛《け》を逆立《さかだ》てた。
「いそごう！　はやくここをはなれたほうがよさそうだ！」
と、トムがいった。
「やつら、まだぼくらをおいかけてるぞ！」
トムは足《あし》をかけてストームに飛《と》び乗《の》った。
そして、どうしようかまよっているエレナの手《て》をにぎって、ストームに乗《の》せてやった。
ストームが一気《いっき》にかけだし、森《もり》をつっ走《ぱし》っていく。
シルバーもならんで走《はし》った。
エレナはトムの背中《せなか》にしがみついていた。
兵士《へいし》たちは、ストームのスピードについていけなかった。

兵士《へいし》の声《こえ》がだんだん小《ちい》さくなり、聞《き》こえなくなったので、トムはスピードを落《お》として、ストームをゆっくり歩《ある》かせた。

やがて、小《ちい》さなあき地にたどり着《つ》いた。

「ここまでくればだいじょうぶだ」

ストームからおりたエレナが、トムの顔《かお》を見《み》あげた。

「いったいなにがあるの？　あんた、鎖《くさり》かたびらを着《き》てるでしょ。さわったからわかる。でも、まだ若《わか》いし、とても騎士《きし》には見《み》えないな」

トムはまよった。

でも、この女《おんな》の子《こ》なら信用《しんよう》できる気《き》がした。

アデュロも、自分《じぶん》の直感《ちょっかん》を信《しん》じろといっていた。

これが秘密《ひみつ》の任務《にんむ》なのはわかっていたが、エレナには、ビーストを探《さが》しだすぼうけんのことを話《はな》してもいいと思《おも》った。

「じつは、ビーストを探《さが》してるんだ」

と、トムはきりだした。

「ぼくがえらばれたんだよ、悪《あく》の呪《のろ》いからビーストをとき放《はな》つ役《やく》に」

「あんたが？　まだ子《こ》どものくせに！」

エレナがうたがいの目《め》でにらんだので、トムも負《ま》けじとにらみ返《かえ》した。

「でも、なぜえらばれたか、わかるような気《き》がするな……」

そういってから、びっくりしたように、エレナがピクンとまゆ毛《げ》を持《も》ちあげた。

「それに、ビーストって、お話《はなし》の中《なか》だけかと思《おも》ってた……」

「本当《ほんとう》にいるんだ」

と、トムはいった。

エレナが目《め》をまるくして、期待《きたい》するような視線《しせん》をトムにむけた。

「じゃあ、話《はなし》を聞《き》かせて」

「悪《あく》の手先《てさき》にされてしまったんだよ。火龍《ひりゅう》フェルノも呪《のろ》いのせいで――」

「フェルノ？」

エレナが思《おも》わず息《いき》をのんだ。

「畑《はたけ》を焼《や》きつくしたのはフェルノなんだ。それに、川《かわ》をカラカラにしたのも。ぼくがフェルノを止《と》めなければ、アバンティア王国《おうこく》は大飢饉《だいききん》に見《み》まわれてしまう」

「たった一晩《ひとばん》で川《かわ》が干《ひ》あがるなんて、どう考《かんが》えてもへんだと思《おも》った……」

とつぶやいて、しばらく下《した》くちびるをかみしめていたエレナが、なにかを決心《けっしん》したように大《おお》きくうなずいた。

「あんたひとりにはまかせておけない。あたしもいっしょにいく」

トムはにっこりわらった。

いっしょに火龍《ひりゅう》にたちむかう友《とも》だちができて、うれしかったのだ。

でもそのとき、勇者《ゆうしゃ》カルドールのことを思《おも》いだした。

「やっぱりだめだよ。これはものすごく危険《きけん》な任務《にんむ》なんだ！」

「あんたひとりでやるほうが、よっぽど危険《きけん》でしょ！」

エレナが反論《はんろん》し、トムにつめよった。

「兵士《へいし》におわれてたあたしたちを、あんたはたすけてくれた。あんたにはかりがあるんだ。それに……」

エレナはちょっといいにくそうだった。

「あんたには、なにか特別《とくべつ》なものがあると思《おも》う。どうしてもあんたをたすけたいんだ。それに、この地方《ちほう》のことはあたしのほうがくわしいし。ね、やらせて——おねがいだから」

その目《め》を見《み》たトムは、エレナが本気《ほんき》だとわかった。

「きみの家族《かぞく》は？」

エレナが肩《かた》をすくめた。

「あたしの両親《りょうしん》は何年《なんねん》も前《まえ》に火事《かじ》で死《し》んじゃった。いまはおじさんの家族《かぞく》といっしょにくらしてる」

「ぼくといっしょだ！　ぼくもおじさんといっしょにくらしてるんだ！」

すると、エレナが弱々《よわよわ》しいえみをうかべた。

「あんたのおじさんがどんな人《ひと》か知《し》らないけど、うちのおじさんは、あたしがいなくなっても全然気《ぜんぜんき》にしないと思《おも》う」

それを聞《き》いて、トムは心《こころ》がいたんだ。

そして、自分《じぶん》がどんなに幸運《こううん》かを実感《じっかん》した。

エリネル村《むら》の安全《あんぜん》な家《いえ》と、あたたかいベッドのことを考《かんが》えた。

でもすぐに、それを頭《あたま》の中《なか》からふりはらった。

このぼうけんをやりとげるためには、強《つよ》い心《こころ》が必要《ひつよう》なのだ。

「それで」

と、エレナがいった。

「いっしょにいってもいい？」

「もちろんさ！　なかまができてうれしいよ」

エレナがよろこびの声《こえ》をあげた。

シルバーもこうふんの遠吠《とおぼ》えをあげ、エレナのまわりをピョンピョンとびはねている。

「それで、その火龍《ひりゅう》はいったいどこにいるの？」

シルバーを落《お》ちつかせながら、エレナがきいた。

「地図《ちず》はちゃんと持《も》ってるよ」

ポケットをたたきながら、トムがしずかに答《こた》えた。

「問題《もんだい》は――火龍《ひりゅう》を見《み》つけたあとなんだ」

7

龍《りゅう》の目覚《めざ》め

その日《ひ》のうちに森《もり》をぬけたトム、エレナ、シルバー、ストームの一行《いっこう》は、岩《いわ》だらけの道《みち》なき道《みち》をすすんでいった。

まる二昼夜《にちゅうや》、休《やす》みもとらずに旅《たび》をつづけたトムたちは、くたくたにつかれていたので、その日《ひ》の夜《よる》は、キャンプをはって休《やす》むことにした。

みんな、石《いし》のようにぐっすりねむったが、シルバーだけは、危険《きけん》をいちはやく察知《さっち》しようと、耳《みみ》をすませていた。

そして、夜《よる》はあっというまに明《あ》け、みんなの体《からだ》を一晩中《ひとばんじゅう》あたためてくれたたき火《び》も、そろそろ消《き》えようとしていた。

トムは地図《ちず》を広《ひろ》げて、じっくりながめた。

「あたしにも見《み》せて！」

トムのとなりにやってきたエレナがひざをつき、地図《ちず》をのぞきこむ。

はじめて見《み》せてもらったときから、エレナはその魔法《まほう》の地図《ちず》が大好《だいす》きになっていたのだ。

「フェルノの山《やま》はもうすぐだぞ」

と、トムはいった。

「このあたりにワインディング川《がわ》が流《なが》れてるはずなんだけど、そんなもの、どこにも見《み》えなかったな」

あたりには霧《きり》がたちこめている。

その霧《きり》のむこうがわをエレナが指《ゆび》さした。

遠《とお》くに見《み》える谷《たに》をふさぐように、大《おお》きな岩《いわ》がたくさんつみかさなっていた。

「もしかしたら、あの岩《いわ》が、川《かわ》をせき止《と》めているのかも」

地図《ちず》の中《なか》の川《かわ》をトムが指《ゆび》でさわってみると、やはり、カラカラにかわいていた。

「エレナのいうとおりだ。よし、いこう。空《そら》も明《あか》るくなってきたぞ」

太陽《たいよう》がゆっくりのぼってきて、霧《きり》もだんだん晴《は》れてきた。

トムとエレナは、目《め》の前《まえ》に広《ひろ》がる大地《だいち》を見渡《みわた》した。

遠《とお》くにある岩山《いわやま》の斜面《しゃめん》や、そのまたもっとむこうに見《み》える、ギザギザの形《かたち》をした山《やま》なみ。

トムは胸《むね》がドキドキして、体《からだ》にふるえが走《はし》った。

この広《ひろ》い世界《せかい》のどこかに、ぼくの運命《うんめい》が待《ま》ちうけているんだ――そして、火龍《ひりゅう》フェルノも。


その日《ひ》のうちに、トムたちは岩山《いわやま》に到着《とうちゃく》した。

そこをのぼっていくと、ひときわ霧《きり》の深《ふか》い高原《こうげん》にでた。

とつぜん、ストームが首《くび》をふっていなないた。

シルバーも背中《せなか》の毛《け》を逆立《さかだ》てて警戒《けいかい》している。

「どうしたんだろう？」

エレナが不安《ふあん》そうにつぶやいた。

「ぼくにもわからない」

トムは剣《けん》をぬき、背中《せなか》の盾《たて》を手《て》にとった。

そして、ひとりで先《さき》にすすんでいった。

すると、霧《きり》のむこうからいきなり、黒《くろ》い物体《ぶったい》が姿《すがた》をあらわした。

ついにでたか！　と、トムは剣《けん》をギュッとにぎりしめた。

しかし、その物体《ぶったい》はぴくりとも動《うご》かない。

トムは思《おも》いきって、少《すこ》し近《ちか》づいてみた。

「岩《いわ》の急斜面《きゅうしゃめん》らしい。たぶん、粘板岩《ねんばんがん》だ」

「動物《どうぶつ》はそれがきらいなんだよ」

エレナが声《こえ》をかけた。

トムは、ポケットの中《なか》にある魔法《まほう》のカギが、だんだんあたたかくなっているような気《き》がした。

なにかが近《ちか》くにいるのかな？

それとも、気《き》のせいだろうか？

トムはエレナをふり返《かえ》って、

「ちょっと探《さぐ》ってくる」

といった。

「ここにはなにかありそうだ」

エレナは弓《ゆみ》を手《て》にとり、矢筒《やづつ》から矢《や》を一本《いっぽん》ぬきとって、

「あたしもいっしょにいく！」

と、強《つよ》い調子《ちょうし》でいった。
エレナがいいだしたら聞《き》かないことは、トムにもちゃんとわかってる。
「ひとりでなにかをやろうなんて、二度《にど》と考《かんが》えないで」
そういうと、矢《や》のとがり具合《ぐあい》を指《ゆび》でたしかめた。
「わかったよ」
トムは笑顔《えがお》で答《こた》えた。
エレナがいっしょにきてくれるのが、本当《ほんとう》はうれしかったのだ。
斜面《しゃめん》に目《め》をもどしたトムの顔《かお》から、えみが消《き》えた。
よし、いくぞ。
ストームとシルバーをのこし、ふたりは斜面《しゃめん》をのぼっていった。
粘板岩《ねんばんがん》はつるつるしてすべりやすかった。
こんな岩《いわ》ははじめてだ、とトムは思《おも》った。

そのとき、足《あし》の下《した》にかすかな震動《しんどう》を感《かん》じた。

「止《と》まるんだ」

と、エレナに注意《ちゅうい》した。

「なにかおかしいぞ」

ふたりは耳《みみ》をすませたが、なにも聞《き》こえない。

まったく、なんにも。

ただ振動《しんどう》だけが、岩《いわ》から足《あし》につたわってくるのだ。

まるで心臓《しんぞう》の鼓動《こどう》のように。

トムはしゃがんで、岩《いわ》をよく観察《かんさつ》してみた。

うろこみたいにきらきら光《ひか》っている。

うろこ？

「ひき返《かえ》せ！」

トムがさけんだ。

「さっきの場所《ばしょ》までもどるんだ。ここは山《やま》じゃない！」

エレナがぽかんとした顔《かお》でトムを見《み》つめた。

「ここは山《やま》じゃないって、どういうこと？」

「これは岩《いわ》じゃないんだ！」

トムはエレナの手《て》をつかみ、ぐいぐいひっぱっていった。

「火龍《ひりゅう》のひふだよ！」

とつぜん、おそろしいうなり声《ごえ》があたりにひびき渡《わた》った。

地面《じめん》がぐらぐらゆれている。

ふたりは斜面《しゃめん》から飛《と》びおりた。

ストームとシルバーが不安《ふあん》そうにうろうろ歩《ある》きまわっている。

シルバーが遠吠《とおぼ》えをあげ、ストームが後《あと》ずさりした。

トムも、これほどの恐怖《きょうふ》におそわれたのは生《う》まれてはじめてだった。

「どうしよう？」

エレナがさけんだ。

「にげる？」

盾《たて》をしっかりにぎりしめたまま、トムは考《かんが》えた。

ぼくは王様《おうさま》の命令《めいれい》でぼうけんの旅《たび》にでたんだ——にげることはできない。

しかし、それを口《くち》にだす前《まえ》に、ビーストが体《からだ》を起《お》こした。

どんどん高《たか》く、高《たか》く、高《たか》く……。

ふたりの前《まえ》にその巨体《きょたい》をあらわした火龍《ひりゅう》フェルノは、とんでもないほどの大《おお》きさだった。

ギザギザのつばさを広《ひろ》げると、空《そら》がまったく見《み》えなくなった。

頭《あたま》はまっ黒《くろ》で、するどい角《つの》が生《は》えている。

そして首《くび》のまわりには、呪《のろ》いの首輪《くびわ》がしっかりはまっていた。

それを固定《こてい》している金色《きんいろ》の錠《じょう》が、ピカピカと不思議《ふしぎ》な光《ひかり》を放《はな》っていた。

トムはごくりと息《いき》をのんだ。

これがビーストか！

フェルノの体《からだ》は、山《やま》と同《おな》じくらい大《おお》きかった。

こんな怪物《かいぶつ》とたたかって、勝《か》ち目《め》があるんだろうか？

トムは、いさましく弓矢《ゆみや》を手《て》にしているエレナに目《め》をやった。

エリネル村《むら》の友《とも》だちや家族《かぞく》のことを考《かんが》えた。

そして、思《おも》った——勝《か》てるチャンスがどんなに小《ちい》さくても、やってみるだけの価値《かち》はあると。

「体《からだ》に流《なが》れるこの血《ち》にかけて」

トムはちかいを思《おも》いだした。

「王様《おうさま》と父《とう》さんのために、ぼくは戦《たたか》いぬくぞ」

その言葉《ことば》を口《くち》にしたとたん、全身《ぜんしん》に勇気《ゆうき》がわいてきた。

巨大《きょだい》な頭《あたま》を左右《さゆう》に動《うご》かしている火龍《ひりゅう》を見《み》あげて、

「あの首輪《くびわ》をはずすんだ」

といった。

「あの首輪《くびわ》にあやつられて、フェルノはあばれてるんだ。首輪《くびわ》をはずしてやれば、また元《もと》のフェルノにもどって、国《くに》を守《まも》ってくれるにちがいない」

エレナはシルバーをだきしめ、安心《あんしん》させようとしていた。

そしてこういった。

「でも、どうすればあの首輪《くびわ》のところまでいけるの？」

火龍《ひりゅう》がにおいをかぎながら、ゆっくり頭《あたま》をさげてきた。

血《ち》のように赤《あか》い目《め》をギラギラかがやかせ、ふたりを見《み》ている。

トムと火龍《ひりゅう》の目《め》があった。
トムは、さいみん術《じゅつ》にかかったような気分《きぶん》だった。
火龍《ひりゅう》の巨大《きょだい》なひとみに、自分《じぶん》の姿《すがた》がうつっていた。
いまやフェルノは、熱《あつ》い息《いき》がトムの顔《かお》にかかるくらい、すぐ近《ちか》くにいる。
地面《じめん》がグラッとゆれた瞬間《しゅんかん》、トムはハッとわれに返《かえ》った。
あわてて地面《じめん》をしっかりふみしめると、剣《けん》をふりまわした。
フェルノの反応《はんのう》はすばやかった。
フォークの形《かたち》をしたしっぽを長《なが》くのばし、ムチのようにふりおろしてきたのだ。
しかし、シルバーが勇敢《ゆうかん》に飛《と》びかかっていったので、トムとエレナはたすかった。
細《ほそ》くなったしっぽの先《さき》っぽに、シルバーがするどい歯《は》を食《く》いこませている。

フェルノがひと声大《こえおお》きくほえ、しっぽを高《たか》く持《も》ちあげても、シルバーはかみついたまま放《はな》そうとしない。

トムとエレナの頭上《ずじょう》で、フェルノが何度《なんど》もしっぽをふった。

そしてとうとうシルバーは、ゴムひもで飛《と》ばした石《いし》のようにふっ飛《と》ばされ、岩《いわ》だらけの地面《じめん》にたたきつけられた。

「シルバー！」

いそいでかけよろうとするエレナ。

「だめだ、エレナ！」

トムがさけんだ。

「動《うご》くな！　じっとしてろ！」

だがフェルノは、動《うご》いたエレナを見《み》のがさなかった。

大《おお》きな口《くち》をぱっくりあけ、おそろしい声《こえ》をあげて、頭《あたま》を大《おお》きく持《も》ちあげたのだ。

「エレナにおそいかかる気《き》だ！」

それがわかって、トムはゾッとした。

「エレナがやられてしまう！」

8

最後《さいご》の戦《たたか》い

トムはうしろをふり返《かえ》って、口笛《くちぶえ》でストームに合図《あいず》した。

黒《くろ》いたてがみをなびかせて、ストームが走《はし》ってきた。

「いくぞ！」

声《こえ》をかけてトムが飛《と》び乗《の》った。

「エレナをたすけるんだ！」

ひづめの音《おと》を高《たか》らかにひびかせ、ストームがいさましく突進《とっしん》していく。

フェルノがまた口《くち》をあけた。

「あぶない、エレナ！」

大《おお》きく口《くち》をあけたまま、すぐ目《め》の前《まえ》にせまってきたフェルノの姿《すがた》に、エレナは身動《みうご》きができなかった。

ストームがエレナとシルバーの横《よこ》を走《はし》りぬけたとき、トムは地面《じめん》に飛《と》びおりた。

着地《ちゃくち》で足首《あしくび》をひねりするどい痛《いた》みが走《はし》ったが、ぐずぐずしているひまはない。

すぐ近《ちか》くに、巨大《きょだい》な岩《いわ》があった。

あの岩《いわ》のうしろにかくれることができれば……。

だが、おそかった。

フェルノの目《め》が細《ほそ》くなった、と思《おも》った瞬間《しゅんかん》、大《おお》きな声《こえ》とともに口《くち》から炎《ほのお》をはきだしたのだ。

トムは足首《あしくび》の痛《いた》みをこらえ、エレナの前《まえ》に体《からだ》を投《な》げだして盾《たて》をかざした。

ものすごいいきおいではきだされる炎《ほのお》を、まともに盾《たて》にうけて、トムがよろけた。

怒《おこ》っているような、シューシューという炎《ほのお》の音《おと》が聞《き》こえてくる。

けんめいに盾《たて》をささえていたトムは、盾《たて》をまわりこんだ炎《ほのお》に腕《うで》の毛《け》をちりちりと焼《や》かれた。

トムは肩《かた》で息《いき》をしながら、エレナに目《め》をやった。

ほこりだらけの顔《かお》に、なみだの流《なが》れた跡《あと》がついている。

しかし、アデュロにもらった盾《たて》は、猛烈《もうれつ》な炎《ほのお》にもたえぬいた。

ついにフェルノがあきらめて、不満《ふまん》そうな声《こえ》を最後《さいご》にひとつあげて、ひきあげていったのだ。

たすかった！

でも、トムにはわかっていた。

フェルノはきっとまたもどってくる……。

トムはひっしになって、燃《も》えている盾《たて》を地面《じめん》にこすりつけた。

あたりに黒煙《こくえん》がたちこめたが、火《ひ》はすぐに消《き》えた。

盾《たて》はやけこげができたけれど、こわれていない。

トムは盾《たて》を背中《せなか》にしっかり固定《こてい》すると、エレナをたすけおこした。

ふるえているのがわかった。

「だいじょうぶか？」

エレナはゆっくりうなずいたが、ショックのあまり、目《め》を大《おお》きく見《み》開《ひら》いている。

「だいじょうぶだよ、たぶん。トムとストームのおかげ。でも、シルバーは？」

シルバーはまだ地面《じめん》にたおれたままだった。

「シルバーをたすけるのは、フェルノをやっつけてからにしよう」

トムはやさしい声《こえ》でいった。

「ぼくらが黒《くろ》こげにされたら、シルバーをたすける者《もの》がいなくなる」

「そうだね」

と、エレナがいった。

「でも、どうやってフェルノをやっつける？」

トムが口笛《くちぶえ》をふくと、ストームが大《おお》きくいななき、黒煙《こくえん》の中《なか》をかけてきた。

「よくやったぞ。おまえのあしにはだれもかなわないな」

トムが声《こえ》をかけた。

「でも、今度《こんど》はもっとはやく走《はし》ってもらうぞ」

トムはストームの背《せ》にまたがると、手《て》をのばして、エレナに剣《けん》を渡《わた》した。

「これで自分《じぶん》の身《み》を守《まも》るんだ」

「トムはどうするの？」

「ぼくは、フェルノの呪《のろ》いをときにいく！」

背中《せなか》からはずした盾《たて》を、戦《たたか》いにそなえ、腕《うで》に通《とお》した。

「ぼくの無事《ぶじ》を祈《いの》っててくれ！」

トムは大《おお》きな声《こえ》でさけび、ストームのわき腹《ばら》をかかとでけった。

ストームが矢《や》のようないきおいでダッシュし、フェルノのあとをおいかけた。
やがて、黒煙《こくえん》と霧《きり》の先《さき》にフェルノの姿《すがた》が見《み》えてきた。
トムとストームが近《ちか》づいてくる音《おと》を聞《き》いたフェルノが、大《おお》きな頭《あたま》でふり返《かえ》った。
つばさを広《ひろ》げ、攻撃態勢《こうげきたいせい》をとっている。
やるならいましかない。
トムは鞍《くら》の上《うえ》に立《た》ちあがった。
足首《あしくび》のいたみをこらえ、バランスをとりながら、低《ひく》くしゃがんだ。
フェルノの広《ひろ》げた右《みぎ》のつばさにむかって、すすんでいくストーム。
ぎりぎりまで近《ちか》づいたところで頭《あたま》をさげ、つばさの下《した》を走《はし》りぬけた。
その瞬間《しゅんかん》、トムは思《おも》いっきりジャンプして、フェルノのつばさに飛《と》び乗《の》った。
石《いし》のようにかたいけれど、血《ち》の通《かよ》っているぬくもりが感《かん》じられた。

フェルノがつばさをゆっくり大《おお》きくはばたかせた。

体《からだ》がずるずるさがっていくので、トムはどこかに手《て》をひっかけようとした。

シュッと音《おと》をたてててふりむいたフェルノが、つばさにしがみついているトムに頭《あたま》を近《ちか》づけた。

いまがチャンスだ。

トムは、ごつごつしたあごの下《した》にもぐりこみ、フェルノの首《くび》にはめられた呪《のろ》いの首輪《くびわ》に飛《と》びついた。

「よし、うまくいったぞ！」

金色《きんいろ》の首輪《くびわ》のすきまに、すかさず左腕《ひだりうで》をひっかけた。

ここにいれば、炎《ほのお》をふきかけられる心配《しんぱい》もない。

しかし、フェルノは首《くび》をはげしく動《うご》かして、トムをふり落《お》とそうとしていた。

いまにも腕《うで》がもげそうだったが、トムは歯《は》を食《く》いしばってこらえた。

自由《じゆう》に動《うご》かせる右手《みぎて》で、首《くび》にかけてあった魔法《まほう》のカギをつかみ、首輪《くびわ》のカギ穴《あな》にさしこもうとした。

しかし、フェルノがじっとしていないので、なかなかうまくいかない。

トムはなんとか体《からだ》を安定《あんてい》させながら、カギの先《さき》を少《すこ》しずつ、穴《あな》に近《ちか》づけていった。

あと少《すこ》しだ！

フェルノが怒《いか》りの大声《おおごえ》をあげた。

そのあまりの大《おお》きさに、一瞬《いっしゅん》、耳《みみ》が聞《き》こえなくなった。

腕《うで》が焼《や》けるようにいたい。

まるで世界《せかい》がぐるぐるまわっているような気《き》がした。

しかも、フェルノがするどく頭《あたま》を持《も》ちあげたひょうしに、カギがトムの手《て》をはなれ、はるか下《した》の地面《じめん》に落《お》ちていった。

「あーっ!」

フェルノはあいかわらず、首《くび》をのばしたりひねったりしていたが、トムはけんめいにしがみついた。

あと少《すこ》しだったのに。

もうちょっとでうまくいくところだったのに。

でも、カギは地面《じめん》に落《お》ちてしまった。

どうすればとりもどせるだろう?

トムは下《した》を見《み》た。

煙《けむり》がもうもうとたちこめ、地上《ちじょう》のようすはほとんど見《み》えない。

そう思《おも》った瞬間《しゅんかん》、ストームに乗《の》ったエレナの姿《すがた》がチラッと見《み》えた。

手《て》に弓《ゆみ》と矢《や》を持《も》っている。

どうやら、矢《や》を放《はな》つ気《き》らしい。

しかし、エレナがねらいをつけているのは、なんとトムだ！

「盾《たて》をだして！」

エレナがさけんだ。

「トム！　盾《たて》を使《つか》うの！」

「なんだ？　なにをする気《き》だ？」

トムにはわけがわからない。

それでもトムは、首輪《くびわ》にひっかけていた左腕《ひだりうで》を動《うご》かして、黒《くろ》こげの盾《たて》を前《まえ》にさしだした。

それと同時《どうじ》に、地上《ちじょう》のエレナが矢《や》を放《はな》った！

スコン、という音《おと》がしたので、トムは盾《たて》をのぞいてみた。

カギをくくりつけた矢《や》がささっている！

地面《じめん》に落《お》ちたカギを拾《ひろ》ったエレナが、弓《ゆみ》と矢《や》を使《つか》ってトムにとどけてくれたのだ。

いいぞ、エレナ！

トムはいそいで矢《や》をひきぬいた。

フェルノは首《くび》を前《まえ》につきだし、エレナにむかって炎《ほのお》をふいたが、ストームがすばやく反応《はんのう》した。

焼《や》けこげた草原《そうげん》をつっ走《ぱし》って、安全《あんぜん》な場所《ばしょ》までにげたのだ。

フェルノがまた首《くび》をはげしくふりまわした。

トムの体《からだ》に、もりもりと力《ちから》がよみがえってきた。

このカギがあれば、まだ希望《きぼう》はある！

そのときだ。

火龍《ひりゅう》の動《うご》きが一瞬《いっしゅん》止《と》まった。

そのすきをトムはのがさなかった。

錠《じょう》の穴《あな》にカギをさっとさしこむ。

スーッとまわすと、カチッと音《おと》がした。

青《あお》い光《ひかり》がまばゆくかがやいたかと思《おも》うと、呪《のろ》いの首輪《くびわ》はしだいにうすれ、消《き》えてなくなった。

「やった！　ついにやったぞ！」

そう思《おも》った瞬間《しゅんかん》、トムはハッと気《き》がついた。

いままでしがみついていた首輪《くびわ》が消《き》えたということは？

トムが手《て》にしているのは、黄金《おうごん》のカギだけだ。

そしてトムは、地面《じめん》にむかってまっ逆《さか》さま……。

トムの体《からだ》はものすごいはやさで落下《らっか》していた。

とつぜん、手《て》にしていたカギがふわっと宙《ちゅう》にうきあがった。

そして、落《お》ちていくスピードがゆるやかになったのだ！

トムはカギにぶらさがっていた。

ふいてきた風《かぜ》に乗《の》ったトムは、ふわふわとただよい、エレナとストームが待《ま》っていた場所《ばしょ》にすーっと着地《ちゃくち》した。

「すごい！」

トムは大《おお》よろこびで歓声《かんせい》をあげた。

これでフェルノは自由《じゆう》だ——そしてトムは、自分《じぶん》の中《なか》でも、なにかが自由《じゆう》になったような気《き》がした。

失敗《しっぱい》したらどうしようという不安《ふあん》やおそれが、トムの心《こころ》から消《き》えてなくなったのだ。

これでもう、火龍《ひりゅう》が王国《おうこく》を破壊《はかい》することはない。

ぼくは任務《にんむ》をやりとげたのだ——すばらしいなかまの力《ちから》をかりて。

「トム、まるで空《そら》を飛《と》んでるみたいだったよ」

びっくり顔《がお》のエレナがいった。

「いったいどうやったの？」

「このカギのおかげさ」

持《も》っていたカギを、トムが大事《だいじ》そうにさしだした。

そのとき、たちこめていた煙《けむり》のむこうから、一匹《いっぴき》のオオカミが姿《すがた》をあらわした。

シルバーも無事《ぶじ》だったのだ！

エレナはシルバーをやさしくだいてやったが、まだ心配《しんぱい》そうな表 情《ひょうじょう》をしていた。

緑《みどり》の目《め》をまばたかせて、エレナがいった。

「フェルノはどうなったの？」

トムがふり返《かえ》ると、山《やま》のような巨体《きょたい》が前《まえ》にたちはだかっていた。

トムは、首《くび》がいたくなるほど上《うえ》を見《み》あげて、フェルノの目《め》を探《さが》した。

その赤《あか》い目《め》は、まだトムを見《み》つめていた。

でも、トムはもう、こわいとは思《おも》わなかった。

「おまえは自由《じゆう》になったんだよ」

と、やさしく話《はな》しかけた。

「これでまた、王国《おうこく》と国民《こくみん》を守《まも》ることができるからね」

フェルノが力強《ちからづよ》くはばたいた。

そして、トムにお礼《れい》をいうように、大《おお》きな頭《あたま》をちょこんとさげてから、大《おお》空《ぞら》にまいあがった。

その姿《すがた》を、トムとエレナは無言《むごん》でながめていた。

干《ひ》あがった川《かわ》の上空《じょうくう》を飛《と》んでいくフェルノが、川《かわ》をせき止《と》めていた岩《いわ》にむけ、長《なが》いしっぽをひとふりした。

岩《いわ》はくだけちり、すんだ水《みず》がいっせいに流《なが》れてきた。

まるで、おりに閉《と》じこめられていた動物《どうぶつ》が、おりから飛《と》びだしていくようないきおいだ。

「まだ一匹目《いっぴきめ》だ。ぼくは負《ま》けないぞ、マルベル！」

トムは空《そら》にむかってこぶしをつきあげた。

「すべてのビーストを自由《じゆう》にするまで、がんばるぞ！」

フェルノが、川《かわ》の水《みず》をおいしそうにごくごくのんでいる。のみ終《お》わると、大《おお》きな声《こえ》でほえてから、またつばさをはばたかせてまいあがった。

青空《あおぞら》を飛《と》びまわり、虹色《にじいろ》の炎《ほのお》をたなびかせている。

そして、トムとエレナの頭上《ずじょう》をぐるっとまわってから、地平線《ちへいせん》のかなたにむかっていった。

その姿《すがた》が見《み》えなくなるまで、ふたりは地平線《ちへいせん》を見《み》つめていた。

トムに目《め》をむけて、エレナが聞《き》いた。

「いまのご気分《きぶん》は？」

「ヒーローになった気分《きぶん》だよ」

答《こた》えたトムは、胸《むね》いっぱいにひろがったよろこびが、目《め》からこぼれ落《お》ちそうだった。

トムの言葉《ことば》にうなずくように、ストームがいななき、シルバーが遠吠《とおぼ》えをあげたので、エレナとトムは思《おも》わず大《おお》わらいした。

そして、フッと息《いき》をはきだして、トムがぽつりとつぶやいた。

「でも、ひとつわからないことがあるぞ――これからどこへいったらいいんだろう？」

9

新《あら》たなはじまり

「それはなに？」
トムのポケットを指《ゆび》さして、エレナがいった。
ポケットの中《なか》でなにかが光《ひか》っていた。
ポケットの外《そと》までもれてくるほどの、明《あか》るい光《ひかり》だ。
中《なか》に手《て》をつっこんだトムがとりだしたのは、まるめてあった魔法《まほう》の地図《ちず》だ。
開《ひら》いてみると、宮殿《きゅうでん》の位置《いち》をしめす場所《ばしょ》から、銀色《ぎんいろ》の煙《けむり》がポッとうかんできた。
その煙《けむり》が、だんだん大《おお》きく広《ひろ》がっていく。
やがて、それがなにかの形《かたち》にかわりはじめた。
男《おとこ》の顔《かお》らしい。
煙《けむり》の中《なか》にふたつ光《ひか》る点《てん》があって、明《あか》るさをましながらきらきらまたたいている。

しばらくそれを見《み》ていたトムは、ハッと気《き》がついた。

「アデュロだ！」

その青《あお》い光《ひかり》は、善《ぜん》の魔《ま》法《ほう》使《つか》いアデュロの目《め》にまちがいない。

煙《けむり》はアデュロの顔《かお》だったのだ。

「よくやったぞ、トム」

アデュロがいった。

「おまえもじゃ、エレナ。アバンティア王国《おうこく》は、ふたりの活躍《かつやく》に感謝《かんしゃ》しておる」

「どうしてわかったんです？」

と、トムが聞《き》いた。

「ぼくたちの姿《すがた》が見《み》えるんですか？」

「わしの首《くび》にかかっていた宝石《ほうせき》をおぼえておるじゃろ？」

といって、アデュロがえみをうかべた。

「あれを使《つか》えば、王国《おうこく》のすべての場所《ばしょ》が見《み》えるのじゃよ」

「それなら、フェルノがどうなったかも、全部見《ぜんぶみ》ていたんですね？」

と、エレナがいった。

「そうじゃ。おまえたちがフェルノの呪《のろ》いをといたことは、ヒューゴ王《おう》に報《ほう》告《こく》しておいたぞ。宮殿《きゅうでん》じゅうが大《おお》よろこびじゃ！　ふたりの勇気《ゆうき》はすばらしいものだった。おまえたちは真《しん》のヒーローじゃ。しかし、次《つぎ》のぼうけんが待《ま》っておる。わかっておるな？」

トムの背《せ》すじに、ぞくぞくするものが走《はし》った。

「ほかのビーストにかけられた呪《のろ》いも、とかなければいけないんだ！」

トムはこうふんと同時《どうじ》に、気持《きも》ちがひきしまるのを感《かん》じた。

「そうじゃ。でもその前《まえ》に、プレゼントがある」

「プレゼント？　どこに？」

エレナが聞《き》いた。

近《ちか》くの焼《や》けこげた木《き》の枝《えだ》に、きらきら光《ひか》っているものを見《み》つけたトムが、アデュロに目《め》をやった。

アデュロが大《おお》きくうなずいたので、トムは走《はし》ってその木《き》のところへいき、木《き》にのぼってそのきらきらしているものを手《て》にとった。

それは火龍《ひりゅう》のうろこだった。

色《いろ》は赤《あか》みがかった黒《くろ》で、まばゆいくらいかがやいている。

「きれいだ」

トムは思《おも》わずつぶやいて、地面《じめん》に飛《と》びおりた。

「すばらしいプレゼントだ！」

「ただのプレゼントではないぞ」

と、アデュロがいった。

「おまえはフェルノと戦《たたか》って、それを手《て》にいれた。そのうろこをおまえの盾《たて》につけると、どんな火《ひ》や熱《ねつ》にもたえられるようになるのじゃ！」

エレナが盾《たて》を指《ゆび》さした。

よく見《み》ると、焼《や》けこげた盾《たて》のいちばん下《した》のところに、溝《みぞ》のようなものがある。

トムが手《て》を近《ちか》づけると、溝《みぞ》が大《おお》きく開《ひら》いた。

そして、まるでジグソーパズルのように、火龍《ひりゅう》のうろこが溝《みぞ》にぴったりはまった。

赤《あか》く明《あか》るくかがやいてから、溝《みぞ》がピタッと閉《と》じた。

いま、火龍《ひりゅう》のうろこは盾《たて》の一部《いちぶ》となって、宝石《ほうせき》のようにきらきらかがやいている。

「さあ、ぐずぐずしているひまはないぞ」

アデュロがいった。

「地図《ちず》の道《みち》をたどって、次《つぎ》のぼうけんにでかけるのじゃ！」

トムとエレナが地図《ちず》を見《み》ると、緑色《みどりいろ》の道《みち》がうきでてきた。

それが西《にし》の海《うみ》まで、へびのようにうねうねとのびていった。

「ぼくの家族《かぞく》はどうなるんでしょう？　手紙《てがみ》はだせますか？」

「家族《かぞく》のことは心配《しんぱい》しなくていい」

と、アデュロが約束《やくそく》してくれた。

「しかし、このぼうけんのことは、だれにも話《はな》してはならぬ」

「わかりました」

と、エレナが答《こた》えた。

おじさんやおばさんのことをトムは考《かんが》えた。

それに、自分《じぶん》の父親《ちちおや》、〈疾風《はやて》のタラドン〉のことも。

ぼくの家族《かぞく》は、おじさんとおばさんだけじゃない。

ぼくがエリネル村《むら》にいないことを、父《とう》さんは知《し》らないんだ。

そして、その父《とう》さんがどこにいるのかを、ぼくは知《し》らない。

「わしはそろそろいかねばならん」

そういったかと思《おも》うと、風《かぜ》にゆらめく煙《けむり》のように、アデュロの顔《かお》がだんだんぼやけてきた。

「おまえたちの幸運《こううん》を祈《いの》っているぞ」

「待《ま》ってください！」

トムがあわててさけんだ。

「ぼくの父《とう》さんは？　父《とう》さんのことは、いつかわかるんでしょうか？」

「このぼうけんで、おまえはいろいろなことを学《まな》ぶじゃろう」

アデュロの声《こえ》が、風《かぜ》の中《なか》にこだました。

「さらばじゃ……」

そして、アデュロの顔《かお》は消《き》えた。

きらきらとかがやく目《め》の光《ひかり》だけが最後《さいご》までのこっていた。

トムが地図《ちず》に目《め》をもどすと、緑色《みどりいろ》の道《みち》の先《さき》に、海竜《かいりゅう》の姿《すがた》があった。

海上《かいじょう》にうかび、しっぽで水《みず》しぶきをあげている。

トムはゾッとして、暗《くら》い気分《きぶん》になった。

巨大《きょだい》なビーストを前《まえ》にして、荒波《あらなみ》の中《なか》で手足《てあし》をばたつかせている自分《じぶん》の姿《すがた》を想像《そうぞう》した。

体《からだ》に深《ふか》くくいこみそうな白《しろ》い牙《きば》も、心《こころ》の中《なか》まで見通《みとお》すようなするどい目《め》も、はっきり思《おも》いうかべることができた。

でも、トムはそれをいそいで頭《あたま》からふりはらうと、ストームの背《せ》に飛《と》び乗《の》った。
アデュロがいったとおり、ぐずぐずしているひまはない。
次《つぎ》のビーストが待《ま》っているのだ、マルベルの呪《のろ》いからとき放《はな》たれるのを。
エレナがトムのうしろにまたがり、シルバーがストームの横《よこ》にやってきた。
みんな、次《つぎ》のぼうけんにでたくてうずうずしている。
トムは剣《けん》をぬき、空《そら》にむけて高《たか》くかかげると、大声《おおごえ》でさけんだ。
「さあ、いくぞ！」
そして、剣《けん》をさやにおさめ、ストームのわき腹《ばら》を強《つよ》くけった。
新《あら》たな旅《たび》にでたトムとエレナ。
この先《さき》、いったいどんなぼうけんが待《ま》ちうけているんだろう？
なんだってかまうもんか！
トムにはもう、心《こころ》の準備《じゅんび》ができていた。

「海竜《かいりゅう》セプロン」に続《つづ》く——

この本には、少年たちの夢とロマンがいっぱいつまっている!
不思議なトンネルから通じる謎の地底王国!
そこで展開されるスリルとサスペンスの冒険の数々!
僕も主人公たちと一緒にトンネルへ入り、
大興奮のワクワク体験をしました!

藤子不二雄Ⓐ氏

ゴマブックス株式会社
〒107-0052東京都港区赤坂1-9-3日本自転車会館3号館
Tel.03-5114-5050 http://www.goma-books.com

全世界37ヶ国で出版!!

ハリウッドで映画化決定!!

ハリー・ポッターを仕掛けた編集者が贈る本格冒険ファンタジー

TUNNELS

トンネル 上下

ロデリック・ゴードン
ブライアン・ウィリアムズ［著］
堀江里美、田内志文［訳］
上・下巻 各1,575円(税込)

【STORY】

14歳の少年考古学者ウィルは、ある日忽然と姿を消してしまった父親を捜索するため、故意にふさがれていたトンネルを掘り直す。

その先で見つけたものとは、人生を犠牲にするかもしれない秘密だった──

作《さく》　アダム・ブレード

訳《やく》　浅尾敦則《あさおあつのり》

1956年《ねん》広島生《ひろしまう》まれ。
訳書《やくしょ》に『ビッグTと呼《よ》んでくれ』（徳間書店《とくましょてん》）、
『あの空《そら》をおぼえてる』（ポプラ社《しゃ》）ほか。

装丁《そうてい》・本文《ほんぶん》デザイン　藤田知子《ふじたともこ》

本文《ほんぶん》イラスト　大庭賢哉《おおばけんや》

DTP　株式会社《かぶしきがいしゃ》 ニッタプリントサービス

ビースト・クエスト1　火龍《ひりゅう》フェルノ

2008年《ねん》2月《がつ》10日《か》　初版第《しょはんだい》1刷発行《ずりはっこう》

著者《ちょしゃ》　アダム・ブレード

訳者《やくしゃ》　浅尾敦則《あさおあつのり》

発行者《はっこうしゃ》　斎藤広達《さいとうこうたつ》
発行《はっこう》・発売《はつばい》　ゴマブックス株式会社《かぶしきがいしゃ》
〒107-0052　東京都港区赤坂《とうきょうとみなとくあかさか》1-9-3　日本自転車会館《にほんじてんしゃかいかん》3号館《ごうかん》
電話《でんわ》　03（5114）5050

印刷《いんさつ》・製本《せいほん》　株式会社《かぶしきがいしゃ》 暁《あかつき》 印刷《いんさつ》

©Atsunori Asao　2008 Printed in Japan
ISBN978-4-7771-0856-5

本誌《ほんし》の無断転載《むだんてんさい》・複写《ふくしゃ》を禁《きん》じます。
落丁《らくちょう》・乱丁本《らんちょうぼん》はお取《とり》替《か》えいたします。
定価《ていか》はカバーに表示《ひょうじ》してあります。

ゴマブックスホームページ
http://www.goma-books.com